# 銀幕に恋して

園村昌弘

海鳥社

題字・カバー・本文装画　栗崎英男

# 序

はじめに映画ありき——ですが、これは映画のあらすじでも撮影秘話でもありません。映画を調味料とした物語群。いや、映画をだし汁にしてその中に私の分身を具として煮込んだおでんみたいなものです。

会話の多くは戦中・戦後、巷をとびかった熊本弁を使いました。これは香料のつもりです。

二〇〇六年十二月

園村昌弘

# 銀幕に恋して◉目次

# 歴史は夜つくられる

歴史は夜作られる　HISTORY IS MADE AT NIGHT
1937年、アメリカ（パラマウント）
監督　フランク・ボゼージ
ジーン・アーサー、シャルル・ボワイエ

私は十五歳のとき、初めて汽車に乗り熊本へやってきた。昭和十二年の暮れだった。

それまで私は博多の大きな商家の使い走りみたいなことをやっていた。住み込みだったから食費も住宅費も要らず、わずかだったけど給料は自分のいいように使っていた。とは言っても、もっぱら映画館の入場料に費した。それくらい映画が好きだった。いちばんの気に入りは「歴史は夜作られる」というアメリカ映画。この主演女優にたちまち心を奪われていた。

それがある夜、大旦那に呼ばれ、「いきなりだが店をたたむことにした」と言われ驚いた。不景気の話は聞いていた。だが、この店は大丈夫だと思い込んでいたのだ。やはり、景気のかげりはこの大きな店にも及んだということらしい。

旦那はおまえの次の勤め先は手配したから心配するなとも言った。それが熊本市にある十字屋というレコード店だった。販売員に空きが出たという。それが私の新しい仕事だった。

レコード盤の入った重いケースを抱え、得意先廻りをするのだが、その一番のお得意様というのが二本木のダンスホールだった。近くには、しょっちゅう洋盤をかける喫茶店もあった。二本木界隈の軸となっているのが遊廓《ゆうかく》。一目でそれと知れる館がずらりと並んでいた。十五、いや二十はあったと思う。その廓《くるわ》自体でも盤の一枚や二枚買ってくれたから仕事は順調し過ぎるほどだった。

けれども、私の仕事は明るいうちにすませるので、お白粧塗って着飾った娼妓にはまず出逢うことがない。たまに喫茶店で見かけるきれいどころがそうかもしれないと思ったくらいだ。

年が明けてある夜のこと、私は十字屋から呼び出された。今すぐ二本木のダンスホールに盤を届けて来いというのだ。店であつらえてくれたケースを抱え自転車で二本木に向かった。

夜中というのに、あの界隈は明るかった。呼び込みの女が殿方の袖を引いてしきりに誘っているかと思うと、窓の内から娼妓達が媚びを送っている。私は彼女達をちらりと見やるだけでペダルを懸命にこいだ。ホールはもう目の先だった。

ドアを開け一歩中へ足を踏み入れた途端、私は魔術にかけられたのだ。大きなシャンデリアがキラキラ輝き、その下できれいどころが一目で金持ちと判る殿方達と頬をくっつけて踊っていた。

と、盤を所望したという女が目の前に現われた。彼女を見た瞬間、私は二番目の魔術にかけられてしまった。彼女は「歴史は夜作られる」の女主人公を演じた女優にそっくりだったのだ。といっても、日本人だ。髪の色とか瞳の色はれっきとした黒色。なのに、彼女はあの女優をほうふつさせる何かを持っていた。私は震える手でケースを開けレコード盤を彼女に手渡した。そのとき、盤に記された曲名を見た。〝ラ・クンパルシータ〟。

たちまち三番目の魔術がかかった。その曲こそあの映画の中で、あの女優がハイヒールを脱ぎ捨てて踊ったものだった。

レコードの販売員ごとき若僧が、おそらくは最高級であろう女性になれなれしく口をきくなんてことは考えられないだろう。だが、私はあの映画のことをとめどなく喋りまくった。女はニッコリ笑って、「その女優の名は何って言うの」と訊《き》いた。それで、私はジーン・アーサーの名を告げた。

女は雪奴という源氏名を自ら告げ、もっと話を聞きたいから、明日の昼二時、喫茶〝ボロス〟で待ってくれないと続けた。

それだけではない。雪奴はあの曲で踊るからそれを見てから帰ってよと言ったのだ。そう言うと、従業員に盤を渡し、履いていたフェルトの草履《ぞうり》をポイと脱ぎ捨て若い衆の手を取って〝ラ・クンパルシータ〟を踊り始めた。もちろん雪奴は和服姿。なのに実によく似合った。異和感などなかった。艶やかで粋な踊りっぷりだった。相手をしているジゴロ風の若い衆に嫉妬を覚えたくらいだ。

私は踊っている雪奴の姿を瞼《まぶた》に焼きつけたまま外へ出た。ペダルをこぎながら、何としたことか、あのメロディを口ずさんでいた。

あくる日の昼二時、私は約束通り〝ボロス〟へ行った。だが、雪奴の姿はなかった。半時ほど経ってダンスホールで働いている年配の男がやって来た。そしてこう囁《ささや》いた。

「雪奴が廓を脱けた」

えっと驚く私に、男はあのホールだって、お国の命令でやがて閉鎖になるんだよとも言った。いわゆる贅《ぜい》沢《たく》は止めましょうというやつですなと皮肉っぽく笑った。

それからさらに声をひそめて「あんた、雪奴のためにひと肌抜いでくれませんか」と言った。実は雪奴、例のジゴロと駈落ちのつもりで廓を脱けたのだという。だが、若い衆は根っからのヒモ、逃げ切ったところで雪奴を売りとばす目算だ。それが判るから、姐さんをかくまっている。本当は自分が行きたいが、歳が歳だ、代わりにあんたがどこぞと安全な所へ逃がしてやってくれまいか。もし、厭《いや》だというなら、秘密を知ったあんたを殺す。

そこまで言われて断る法はない。私も腹を決めた。

男から教えてもらった隠れ家から雪奴を連れ出して駅へ向かった。折りしも満蒙開拓団の壮行会とぶつかって、私達はその混雑を利用して事なく汽車に乗ることが出来た。それから中国大陸に向かう船上の人となった。

日本が見えなくなった頃、雪奴は私の手の甲に自分の手を重ね、「よろしく」と言った。

「私の本当の名はユキコ。ユは理由の由、キは起きるの起、コは子供の子」

「僕は円山」と言いかけると、「じゃあ、あたしの名は円山由起子、いいわね」

あれから六十六年、私達は片時も離れたことはない。

# 跳べ！ アステア

トップ・ハット　TOP HAT
1935年、アメリカ（RKO）
監督　マーク・サンドリッチ
フレッド・アステア、ジンジャー・ロジャース

シベリア。遙か遠い地、シベリア。

私は敗戦のすぐあと、そのチタ州ブカーチャ収容所に捕虜として連行された。四千人はいたと思う。それが三年経つと千三百人くらいに減ったのだ。毎日一人また一人と亡くなっていった。厳冬の頃になると、十人また十人の規模で命を落としていったのだ。

初めのうち、食事はカーシャだけだった。高粱《コウリヤン》のフスマを粥《かゆ》にしたもので、それも空き缶に一《ひと》しゃくしだけ。そのくせ労働は大変だった。

森林伐採、道路補修、鉱内作業、発電所の増設工事にかり出された。黒パン二百五十グラムが支給されるようになったのは、ずっとのちのこと。これもタバコの箱くらいの物だ。

私達は日に日に衰弱していった。

短い夏が過ぎ、さらに短い秋が過ぎ、とてつもなく辛い冬がやってきた。一面の雪原、というと聞こえは

よいが、どんよりと曇った寒空の下では何もかも重苦しい灰色の中に埋れたようで、じんわりと私達の身心を蝕《むしば》んで行くのが判った。夜になると、氷点下三十度、四十度の世界になる。夜間作業が命じられたものならたまったものではない。ひたすらに春の到来を願ったものだ。

やっと訪れた最初の春に見た光景は忘れられない。雪原だったところは、いつのまにか一面の白い花で埋めつくされていた。キンポウゲ科の花だった。唯、単純に喜んだ。だが、そのような気持ちの高ぶりを覚えたのもその時だけ。二度目の春になると、疲れ果てて花を見る気力も失せていた。

私はここに昭和二十三（一九四八）年の春まで抑留されていた。皆がみなこの時解放された訳ではない。私は運がいいほうだ。よくぞ生きて帰れたものだと思う。身体も弱いほうで、しょっちゅうロシア人の女医の世話になった。

この女医というのが、見るからに屈強そうな女で誰にでも不愛想《ぶあいそう》だった。ヴェラという名だった。今思えば、彼女も流刑の身であったのかもしれない。

ある日、私は激しい腹痛を覚え、たまりかねてヴェラのいる衛生室へ行った。ドアを開けようとしたとき、中から心躍るようなハミングが聞こえてきた。ヴェラが口ずさむなんて、まさかと思った。でも、寝たきりの傷病兵がハミングなどするはずがない。

私は腹痛をしばしの間忘れて歌声に聞き惚《ほ》れた。聞き覚えのあるメロディだ。何だったっけ。とっくの昔に忘却の彼方に抛《ほう》ってしまった記憶の糸をたどった。そのうち、私は自分でも気づかぬうちにそのメロディを口笛で吹いていた。甘美でロマンティックな曲。

いきなり、ドアが開いてヴェラが顔を覗《のぞ》かせた。私はすくみ上がって彼女の顔を見上げた。笑っている。それは、ここで初めて見る心からの笑顔だった。この地では誰もが笑いを忘れていたのだ。

ヴェラは私の手をぎゅっと摑み、部屋の中へ引きずり込んだ。ヴェラは私に口笛を続けろとせがんだ。そのうち、私の記憶の扉《とびら》が少しずつ開いてきた。確かあれは中学三年のときだ。仲のよい友人と新市街に映画を見に行った。フレッド・アステアとジンジャー・ロジャースが華麗に踊る「トップ・ハット」。曲は〝頬寄せて〟。

映画の帰り、下通りを私達はうろ覚えのタップを踊った。友人ははずみで地べたを蹴り宙を跳んだ。地に降りたその脚の組み方は、とてもじゃないが、アステアに及ばなかった。

あれは青春の入り口の佳《よ》き一コマだ。まさか赤紙一枚で徴兵され、そのあげく地の果ての収容所に連れてこられるなどとは、つゆほども思わなかった。

ヴェラは腹部を暖めるのがいちばんだと言い、カイロのようなものをくれた。それ以来、ヴェラの私達に対する態度は豹変《ひょうへん》した。

仲間うちから私は英雄扱いされるようになった。彼らは私に映画の話をせがみ、それからメロディまで教えろと要求した。

極寒の冬。一人また一人と凍死していくという現状のさ中で、私達は〝頬寄せて〟に興じていたのだ。そうすることで、明日に希望をつないでいた。帰国《ダモイ》の許可が出るいつとは知れぬ日を夢見て、ラ・ラ・ラとハモったものだ。たまにはヴェラも加わることがあった。

私が友人の蹴り跳びを話したあとだ。仲間の一人が具体的にやってみろと所望した。やるつもりになった。なのに、私には出来なかった。考えてみれば、栄養失調で、尻から大腿部《だいたいぶ》にかけての肉がげっそり失われているのに、ジャンプなど出来ようはずもないのだ。

だが、私は、せえの、で跳び上がったつもりであった。ほとんど跳ねることさえできず床の上にころがった。口惜《くや》しいどころか、情けなかった。涙だけはこみ上げてきた。と同時に、夢がすうっと遠のいて行くのを何もせず見送っているを何もせず見送っている思いだった。このことがあってから、映画の話もメロディも誰も口にしなくなった。

三度目の冬が過ぎ、緑が大地を覆《おお》い始めた頃、私達にやっと帰国の許可が下りた。最後の仕事は森林伐採だった。ふらふらした足取りで大樹の下に群がり、交替しながら鋸《のこ》を引いた。あとは斧《おの》で叩いていく。そのときだ。「危い！　逃げろ！」と声がした。はっとなって見上げると、切った大樹が私めがけて倒れてくるではないか。左手に斜面があってそこへ逃げれば間に合うかもしれない。足がすくんで動けない。そのとき「ジャンプだ。アステアだあっ」と誰かが叫ぶ声を耳にした。でも、足が動かないのだ。すると、「思いっきり蹴るんだ」と再び声がした。と、どうしたことだろう。次の瞬間、私は斜面をころがっていたのだ。

帰国の朝、私は口笛を吹きながらヴェラに挨拶《あいさつ》に行った。すると、彼女は私をぎゅっと抱きしめ頰を寄せ思いだった。

＊参考　神瀬芳男著『天のシベリア』（葦書房）

# 雁

**雁**
1953年、大映作品
原作　森鷗外／脚色　成沢昌茂／監督　豊田四郎
高峰秀子、芥川比呂志

大学には私は市電を利用した。子飼電停で降り、最初のうちはそのまま五七号線を他の学生達と歩いた。そのぞろぞろ歩きが厭《いや》で、私はいつしか覚えた裏通りを使うようになっていた。子飼東映という映画館の脇から入った細い道で、そこを利用した学生はごくわずかだったように思う。

昭和三十年代の初めの頃の話だ。

私は従兄から譲り受けたグリス油脂で固めた角帽を愛用していた。その頃の学生ときたら、黒の上下の制服に黒い靴。まるで烏《からす》か雁《がん》だった。角帽をかぶるのは少数派だったが、私は平気であった。

さて、その裏通りだが、普段はひと気もなくひっそりとしていた。中ほどに琴の音が聞こえる家があって、次第に音色を聞くのが愉《たの》しみになった。からたちの垣根があるこじんまりした住居で、時折、老女中みたいな女が出入りするのを見かけた。弾いているのはどんな人だろうとあれこれ想像をかき立てたものだ。

西沢と出逢ったのもこのことが縁だった。彼も私と同じ大学生で、琴の音に魅せられていると私に近づいてきた。きっと、きれいな女性ですよとも言った。これをきっかけにして私達はかなり親しい仲になった。

僕の父は地元の中学校の教頭をしていると西沢は言った。親戚も近所の者も僕に期待している。父親以上の大ものになるに違いないと。中学校まで成績は良かった。これも凄い圧力だ。今は教育学部の学生だけど、二年課程。そりゃあ、四年課程を受けたかったけど、高校の担任がおまえには無理だと受験させてくれなかった。この劣等感と周囲の圧力、君には判るかい。

日ましに西沢は私の心に入りこんできた。他人を味方につける才能がずば抜けていた。

ある日、西沢は「琴を弾いているひとを見てしまった」と言った。琴の音を聞いているうち、矢も楯もたまらなくなり、玄関先に吊してあった鳥籠をわざと落として壊してしまい、それを持って玄関の戸を叩いたという。すると、中から二十歳そこそこのきれいな女のひとが出て来た。琴の音の主だとすぐに知れた。でも、一目で判ったよ、この女は囲われ者だって。

囲われ者ってどういうことだと私は訊《き》いた。何だか神聖なものを踏みにじられているように感じたからだ。

君は知らないのか。つまり、お妾《めかけ》さんだよ。どこそこの大金持ちが彼女を囲ってるのだ。愛玩の対象としてな。僕、高校生のとき、「雁」という映画を途中まで見たことがあるんだ。なぜ途中までかというと、停電して映写が続けられなくなったからだ。田舎ではよくあることだよ。それでも映画の女主人公がお妾さんだというのはようく判った。あの女を見たとき、僕はそう直感した。

お妾さんと言うとき、西沢の目が濁っていたように感じた。不潔な奴だと思った。

琴の音はそれまでも私の心を和ませてくれたし、弾いている主がきれいな女性だと思うと私の心はたちまちときめいた。お妾さんだっていいじゃないか。きっと事情があってそうなったのだ。それに西沢の直感だって怪しいものだ。

そのうち、あの家の垣根に白い花が咲き始めた。芳しい香りはすっぽり私の心を包み込んでいく。それは琴の音色とからまって私を蠱惑《こわく》した。幾度、その玄関先で私は立ち止まったことだろう。

その女性と現実に二度逢ったことがある。

一度目は上通りの濱田額縁店。ガラス戸で間口が広かったせいで、私にはすぐ判った。あの老女中を従えたきれいなひと。ハリウッド女優みたいな髪をしていた。うなじまで伸ばした髪を軽くカールしていた。店ではスターのブロマイドを売っていて、あのひとは原節子とグレース・ケリーを買って行った。

二度目の出逢いも上通り。通りかかった私の目の前にころげるように飛び出してきたのだ。髪を短くカットしていたから初め別人だと思ったが、すぐに彼女だと判った。頬が上気して紅がさしていた。連れは老女中でなく、何と西沢だった。出てきた所はダンスホール〝スバル〟。

西沢は誇らしげに私を見、片目をつぶってみせた。それから、彼女の腰にそっと手をかけ、共に人ごみの中に消えて行った。

あくる日、西沢は自慢げに「あの女は僕に夢中さ」と言い、にっこり笑った。

ひと月もしないうちに西沢が別の女と一緒にいるのを目撃した。相手は学部長の娘だという。その効力かどうか、西沢は難なく四年課程に編入した。それきり彼とは疎遠になった。噂では校長を退職、地元の教育長になったらしい。父親を超えた訳だ。

あのひとの話になると胸が痛くなる。手首を切って自殺をはかったとか、心の病で入院したとか、そんな哀《かな》しい噂が耳に入ってきた。

あれから四十余年の月日が過ぎた。

久しぶりにあの小道に足を踏み入れた。昼下がりにまどろんでいると、あのひとが現われ「来て」と囁《ささや》いたのだ。昔通りにひと気のない道だった。

あの家の近くに来たとき、急ににぎにぎしい歓声が湧いてきた。あの鳥籠を吊した玄関から若い男女がころがるように出てきたのだ。あの頃のあのひとと西沢にそっくりではないか。

ふと人の気配がした。私の脇に七十歳近くと思われる品の良い女が立っていた。女は私に囁くように喋った。

「坊ちゃんの方は西沢の孫ですの。とっても可愛がっている。も一人は私の孫。どちらかというと、男の子の方が夢中です。もし私の孫が絶交でも言い渡したら、とても立ち直れそうにないわ」

女はそう言ってくっくっと笑った。反射的に私は女の手首を見る。疵痕《きずあと》がぴくと動いた。

# 飛翔

スーパーマン　SUPERMAN
1978年、アメリカ（WB）
監督　リチャード・ドナー
クリストファー・リーブ、マーゴット・キダー

若い頃はよく空を翔《と》ぶ夢を見た。

悪い連中に追いつめられて崖っぷちに立たされたとき、ぐうんと大きく背伸びをし、深く息を吸った。それから、おもむろに両腕を広げ土を蹴った。すると、落下するどころか、宙を飛んでいた。呆然とつっ立っている連中を尻目に悠々と空を駈けたものだ。

幼い頃、転校先でひどいいじめに遭ったことがある。空を翔ぶ夢はその見返りかもしれない。誰の助けもなく、独りで逃げきるしか法はなかった。その思いが、おそらくは意識の底深く潜んでいたのかもしれない。

そのうち、悪い連中がいようといまいと、私は夢の中の空中遊泳を楽しむようになった。街の上空から歩く人々を観察したり、熊本城の天守閣に鳥みたいにとまってくつろいだり、あるいは飛行機と並行して翔んでは乗客を驚かせたり、日ましに愉悦は高じていった。

なのに、空翔ぶ夢はいつのまにか見なくなっていた。その代わりに、職場への通勤途上とか、自宅の近くとか、そんな場所をうろついている夢にとって替わった。それが長い間続いた。

二十六、七年も前であろうか、息子にせがまれて「スーパーマン」という空翔ぶヒーローの映画を見たときから、あの楽しい夢を再び見るようになった。今度は独りではなかった。傍らにスーパーマンがいて、忘れかけていた翔《と》び方を一つひとつ思い出させてくれ、遂には一緒に翔んでくれたのだ。

下に見えるのは、もはや熊本ではない。ローマだったり、ニューヨークだったりした。その輝きに酔いしれて、危うくクライスラービルにぶつかりそうになったことがある。

だが、それも一年ほどでぷっつりと見なくなった。

それに私も歳を取った。

妻共々に定年退職をして年金生活者になった。私は何もしない生活に慣れてしまったが、妻は驚くほど精力的になった。やれカルチャー講座だの、ボランティアだのとせわしく動き回っている。マンションの七階の一室は私を怠け者にさせる。

ある日、エレベーターで新婚らしいカップルと一緒になった。自分にこういう時があったのだろうかと思うほど、彼らは幸せそうだった。今流行《はや》りの服を着て手を握り合っていた。女の方が私を見て愛嬌たっぷりに会釈をした。男は照れたようにうつむいた。

彼らは私の一つ下の階で降りた。それでもエレベーターの中には眩しいものが漂っていた。

同じマンションのことだ。また逢うこともあるだろう。が、所詮《しょせん》は他人同士だ。

妻が戻ってきたので、その話をしようと思ったが、妻は先を越して今日のカルチャー教室でのことをベラベラ喋《しゃべ》り始めた。遅刻者がいたとか、更に不謹慎なことに煙草《たばこ》を喫った者がいたとか、そういう話だった。

耳を傾けてやらないと妻が不機嫌になるので、同調するふりをして頷《うなず》いてみせたが、その実、ほとんど心に留めなかった。

ふと、先刻逢ったあの若夫婦も、歳を取ったら自分達のようになるのだろうかと思った。いや、彼らにはそうなって欲しくない。だが、人生はままならぬものだ。いずれ彼らもそうなってしまうかもしれない。そう思うと、不意に照れたようにうつむいた若い男の様子が思い浮かんできた。いやいや、それは杞憂というものだ。彼らはうまくやっていくだろう。

その夜、久しぶりに空駈ける夢を見た。独りだったが、傍らを雁の大群が翔んでいた。やがて雁の群れは私の傍らからさあっと離れ、一気に空高く翔び去ってしまった。

夜空は澄みきっていて、煌々《こうこう》と月が輝いていた。上の方が少し欠けただけの満月に近い大きな月だった。星も無数に輝いていた。しばらくの間、私は夜空に見とれていた。本当に鳥になったのではないかと思うくらい自然に両腕を羽ばたいた。

どれくらいの時が経ったのだろう。ふと私は胸騒ぎを覚えて住んでいるマンションを目ざした。心当たりはないが、妙に平常心ではおれない直感みたいなものがいきなり湧き上がってきたのだ。

急がねばならぬ。そう念じて一心に両腕を力強く羽ばたいた。やっとマンションが見えた。その屋上が見える。金網で仕切った柵が揺れている。と、その柵を一人の男がよじ登ろうとしているのが見えた。柵を越えて向こう側へ行こうとしている。考えられることは一つだ。柵の向こうには何も妨げるものはない。彼はそこから跳び降りるつもりだ。

私は屋上に急降下し、男目がけて駈けた。男はもう柵の向こうに立っていた。両腕を広げ翔ぶ姿勢に入っている。「やめろ」と叫んだつもりが、声が出ない。

力んだ拍子に目を醒《さ》ました。なんだ夢かですまされないものがあった。胸騒ぎはますます激しいものになっていた。何の躊躇《ちゅうちょ》もなくとび起きた。ガウンを羽織って外へ出た。

思い過ごしであればいい、そう念じて屋上に行った。そして柵を見渡した。柵は揺れていた。北の方角の柵を一人の男がよじ登ろうとするのが見てとれた。駈けた。まさに一方の脚を柵の上に乗せようとしていた。そのもう一方の脚を私は力いっぱい摑《つか》んで引きずった。

月明かりが男の横顔を照らした。あの若夫婦の夫だった。男は私を睨《にら》みつけ「あなたに関係のないことじゃないですか」と叫んだ。

「僕にはこれ以上生きていく自信がない」とも言った。とにかく渾身の力をふり絞って男を引きずり下ろした。何はともあれ、死なせる訳にはいかない。

男はしゃがみこむとしゃくり上げて泣いた。

「僕には何もかも耐えられない」

私には若者を力づけることばがない。仕方なく肩を叩いてやると、身体を震わせてますます激しく泣きじゃくった。

# ラヴレター

赤い靴　THE RED SHOES
1948年、イギリス（アーチャーズ）
監督・脚本　マイケル・パウエル、エメリック・プレスバーガー
モイラ・シアラー、アントン・ウォルブルク、マリウス・ゴーリング

市街地から井芹川に沿って下ったところ。

田畑に囲まれた小さな集落に叔母の家はあった。代々の精米所である。叔母は数えの十八で隣村から嫁に来た。六十九年も昔のことである。

戦時中は、夫の出征の間、女手ひとつで精米所を切り廻した。夫が復員してくると、年に二回ほど市街地に出て買物をするのを唯一の愉《たの》しみにしていた。夫に死なれて三十年余、浮わついた噂《うわさ》など聞いたことがない。私の知る限り、叔母はそのような人だった。

ところが、先日、従弟《いとこ》から叔母の様子がおかしいので、一度見に来てくれないかと知らせが入った。高齢だし、どこぞ体の調子でも悪いのだろう。そう思いつつ叔母の家目ざして車を走らせた。

叔母の家の周辺は稲田のはずがほとんどタバコ栽培に切り換えられている。これでは精米業も大変だろう。

叔母の家に着くと、庭の槇《まき》の木の間から叔母の長男である従弟がひょいと顔を覗《のぞ》かせ、本人に逢う前に話しておくことがあると言って精米小舎《こや》に案内した。小舎はがらんと静まり返っていた。三日前のことだ。その日も叔母はいつもと同じように朝食をとり、近所の人達と誘い合ってゲートボール場へ出掛けた。変わったことなど何一つなかった。

問題はその夜の八時過ぎに起きた。玄関がやけに乱暴に叩かれた。何事だろうと不審に思って従弟が戸を開けると、五十くらいの女がすさまじい形相をして中に入ってきた。そして「和枝を出せ」と怒鳴《どな》った。和枝というのは叔母の名だ。従弟はいきなり母親を出せと言われてたまげた。

「うちん衆（私の夫）をたぶらかしよる」と女は従弟を睨《にら》みつけて言った。

「何かの間違いではなかでしょうか」

女は激しくかぶりを振り、「住所はここと書いてある」と言い、懐から封筒を取り出した。従弟はちらりと差出人のところを盗み見た。確かに住所はここだ。しかも、母の名が明記されている。困ったことに、母の筆跡に違いなかった。

「和枝、出て来い」と女はわめいた。

「はい、はい」と呑気《のんき》な声を発して叔母が現われた。そして、息子の前に立ちはだかると、さっと女の手から封筒を奪った。

「これは、あたしのもん（もの）」

そのときの女の狼狽《ろうばい》といったらない。おそらく悋気《りんき》の対象としてもっと若い女を思い描いていたに違いない。自分の夫に恋文を出し、夫をたぶらかそうとした女。それは若くて美しい女のはずだった。なのに、名乗りを上げたのは八十半ばを過ぎた女だった。しかも、念の入ったことに「はい、あたしが和枝です。あんたは政則さんの連れ合いさんでしょ」ときた。女は叔母を睨みつけるだけだった。

「私は貴方《ああた》のご主人を好《し》いとります。愛しとります。くださりまっせんか」

女の亭主、政則というのが、ゲートボールの指導員だということは後に判った。叔母は三カ月前初めて出逢ったときから、この三十余りも年下の指導員に恋をし続けていたらしい。悶々《もんもん》と慕い続けて、もはやこれまでと思い切って恋心を打ち明けることにした。

従弟は母親の手から封筒を取って、中身を引き抜いた。

〝好きです。本気です。もう我慢できません。私と一緒になって下さい。お願いです〟

そういう文句で始まる求愛の手紙は便箋《びんせん》六枚にも及んでいた。従弟は初めの二行読んだだけで事の次第を

理解した。と同時に、母親の思慕を痛々しく理解した。

それと見て取ったのか、女は従弟の手から便箋を奪い取ると、ちりぢりに引き裂いた。それから叔母をぐっと睨みつけ、「歳を考えろ、歳を！」と叫んだ。「恥を知れ！」とも言った。わめき散らしたあとで、ぜいぜいと息をあえぎながら、懐に手を突っ込み、用意していた出刃包丁を上がりまがちの上にざくっと突き立てた。

「ええまあ、ばかばかしい」

そう言い放って、女は入ってきたときと同じように肩をいからせて出て行った。従弟はとっさに母親を見やった。ひどく傷ついてしまい立ち直れないのではないかと心配した。だから、「もう

ゲートボールは止めて下さい」としか言えなかった。

翌《あ》くる日、叔母はいつものように朝食をとった。そして、いつもの時間になると、ゲートボールの用具を抱えて家を出た。だが、政則さんは来なかったのだ。ずうっと来ないよと新しい指導員は言った。

叔母はそのままゲートボール場を後にした。バスに乗って政則さんの家に向かうつもりだった。それが、どう道を間違えたのか、迷子になってしまい、途方に暮れているところを通りかかった巡査に保護された。それ以来、叔母は家にこもりきりになったという。

叔母は日当たりのいい縁側で日なたぼっこをしていた。私が挨拶すると、「よう来てくれた」と穏やかな表情で迎えてくれた。

「あんたが中学生だった頃、映画の話をしたとを覚えとるかい」

だしぬけに訊《き》かれて当惑した。全く覚えがない。うろたえて首を横に振る。

「『赤い靴』という総天然色の映画たい。主人公はバレリーナ。バレエを取るか、恋を取るか、悩むとよ。恋人の名はジュリアン。私はずうっとジュリアンを待ってたと」

「政則さんという人に似てたんですか」

「政則は仮の名。本当はジュリアン」

そう言うと、手許においた木箱から絹布に包んだものを実に丁重に取り出した。赤いトゥシューズだった。赤い紐《ひも》までついている。

従弟も初めて見るものらしく驚いている。

叔母はいきなり着物の裾をめくり、白いふくら脛《はぎ》まで見せて言った。

「ねえ、履《は》かせて。ジュリアン」

# 小瓶と封筒

**第三の男　THE THIRD MAN**
1949年、イギリス（ロンドン・フィルム）
原作・脚本　グレアム・グリーン
監督　キャロル・リード
ジョセフ・コットン、オーソン・ウェルズ、アリダ・ヴァリ、トレヴァ・ハワード

昭和二十七年の冬休み間近に起きたことは、いまだに私にまとわりついている。

高校二年生だった。学校は、戦国大名の居城であったという城跡にある木造の建物だった。校門を入ってすぐのところに楠の大樹があり、その根元に畳二枚くらいの大きさの穴が広がっていた。深さは二メートルくらいだが、底には小さな祠があった。そこはかつて首斬り場だったという話を生徒は誰でも聞かされていた。

当時、私は東田という同級生と親しかった。親しいどころか、すこぶる仲が良かった。彼は色が白く華奢《きゃしゃ》な身体つきをしたおとなしい生徒だった。どういういきさつで彼と仲良くなったのか、定かに覚えていない。とにかく一緒に行動することが多かった。

昼休みになると、きまって私達は机をくっつけて弁当を食った。その頃、教室のスピーカーから毎日のように同じ曲が流れていた。ギターの甘酸っぱい響き。題などはどうでもよかった。このメロディを伴奏に私

達はよく喋《しゃべ》りよく笑ったものだ。

そんなある日、東田は急に声を潜めて、「秘密の話、していい」と訊《き》いた。もちろんと応じると、彼はさらに声を潜めて「実は僕の兄のことなんだけど」と話し始めた。

彼の兄は福岡の大学に在学中だという。最近、仲間に誘われて奇妙なアルバイトに出向くようになった。行き先は板付——。

「判る? 基地だよ、進駐軍の」

隣の国で戦争があっているのは知っていた。頻繁に報道されていたとはいえ、しょせん、新聞かラジオの次元だった。それが、東田の話でぐっと近づいてきた。

板付から毎日のように爆撃機が飛び立っている。そのうち数機しか戻ってこない。戻ってきた機からたくさんの死傷者が運び出されるという。

「重傷者には薬《ヤク》を打つ。死者は丁重な装いをして本国へ送還される。兄達はその仕事にたずさわっている」

死者のたいていはひどい裂傷がある。ドクター達がこれを縫合する。その痕跡が判らないようにごてごてと塗りたてて化粧する。助手役のアルバイト生は連日こうして死体と顔をつき合わせる。日当は千円也。多いときは、さらに千円から二千円のボーナスが出る。

千円と聞いて驚いた。封切館で見る映画の料金が学生六十円の時代だ。

「もっと驚かせてあげようか」

東田はからかうような笑みを唇に浮かべて私を見、それから、自分の鞄《かばん》を開け、中に入っていたぶ厚い封筒を取り出した。封筒には千円札がぎっしり詰め込まれていた。たぶん、五万円は下らないだろう。

「兄から預かっている。親には内緒なんだ」

そう言ってから、彼は私の手をぎゅっと握りしめた。

「実は君に頼みがある。この封筒を兄に渡して欲しいんだ。今日、君はいつもより遅く下校する。きっかり五時、あの首斬り場のところへ行ってくれ。そこで兄が待っている。兄はある物を君に預ける。それを受け取って明日僕に渡してくれ。こんなの、親友の君にしか頼めない。僕はマークされてるから出来ないんだよ」

東田は札束の入った封筒を私の鞄に押し込んだ。それから再び私の手を力強く握った。

言われた通り、私は下校を遅らせて、きっかり五時に首斬り場へ赴いた。辺りはもう暗くなっていた。そのさらに暗い穴の中から男がぬっと首を突き出した。落ち葉がかさかさと音を立てている。

うろたえ気味で封筒を渡すと、男は小瓶を私の手に握らせ、ぼそりと言い放った。

「麻薬だ。それ以上せんさくするな」

三十秒ほど私はその場に立ちすくんでいた。脚がうまく運べないのだ。それくらい混乱していた。大きく息を吸い、心を落ち着かせて首斬り場をあとにした。

校門を出た辺りから誰かにつけられていると直感した。怖かったが、思い切って振り返った。刑事らしい男が二人いた。町の一ブロックを通り越したところで再び振り返った。やはり、二人の男がいる。たまらなくなって駈け出した。すると、二人も駈けてきた。

次の角を曲がると川がある。そこで、瓶ごと捨てよう。そう思って全力で走った。息苦しかった。やっと橋の上までくると、私はポケットから小瓶を取り出し、抛《ほう》ろうとした。その手首を一人の男にむんずとつかまれた。

川面は星の光できらきら輝いていた。

急にさむけが身体を突き抜けていくのが判った。ぶるぶる震えた。足もとを見やると、枯れ葉が私の鞄にまとわっていた。

警察署に連行され、いろいろ尋問された。私の口から止めようもなく、東田のこと、彼の兄のことがぽろぽろと跳び出した。小半時も経たないうちに私は家に帰された。

「瓶に入ってたのは、あれはただの塩だったよ。君はあいつを逃がす囮《おとり》だったようだ」

翌日、東田は学校を休んだ。次の日も姿を見せなかった。転校したという噂《うわさ》が流れた。

五日ほど経った日の昼下り、職員室近くの廊下で東田とばったり顔を合わせた。彼は担任と一緒だった。ひょいと職員室から出てきたのだ。逃げたかった。東田の視線を浴びたくなかった。

職員室の手前に放送室があった。鍵はかかっていなかった。私は用のあるふりを装ってさっと中にすべり込んだ。

椅子に坐った上級生が私をじろりと睨《にら》み、「何か用か」と訊《き》いた。いつもの曲がかかっていた。とっさの思いで私は「この曲は」と言いかけてむせんだ。上級生はまたもぶっきら棒に答えた。

「映画の主題曲だ。『第三の男』」

東田はもう去ってしまっただろうか。

「詳しくは知らんが、友達を裏切るというストーリーらしい。親友を裏切るんだぜ」

# 渡し舟

**野菊の如き君なりき**
1955年、松竹大船
原作　伊藤左千夫／脚色・監督　木下恵介
有田紀子、田中晋二、田村高広、杉村春子、笠智衆

祖母の三十三回忌で、久しぶりに田舎の実家に戻った。

途中、畑一面黄色に埋めつくした菜の花に気を取られ、着くのが遅れてしまった。既に読経が始まっており、私は末座にそっと身を置いた。

集まった人のほとんどは知っている者であった。その中にたった一人、見たこともない人がいる。年の頃八十はとっくに過ぎていると思われる品の良い小柄な女性。何者なのだろう。祖母の縁者かもしれない。私も五十半ばになる。ちょっと考えてみると知らないことがたくさんだ。そういえば、祖母のことで一つ気になることがある。とうとう訳を聞かず仕舞になったこと。それは長い間、私の心の奥底にとげのように引っかかっていたことだ。

あれは私が九つのときのこと。祖母は五十半ばだった。昭和三十一年の夏。

あの頃は村の青年団が活動資金作りのためよく催し物をしていた。夜の映写会もその一つだった。小学校

の校舎の壁に白い布を張りそれに映画を映していた。祖母は活動（写真）と言っていた。その活動を祖母と見に行ったのだ。

「野菊の如き君なりき」という邦画。信州の風景をバックに展開する少年と少女の初恋の話。恋というには純すぎる。思慕といったほうが近いなどと今は思う。旧家の男の子と、そこへ手伝いにきた親戚の女の子の許されぬ仲。大人の思惑で男の子は町の中学校の寄宿舎に入らされる。霧の深い朝、男の子を乗せた渡し舟がゆったりと水面を切って去っていく。

このとき、祖母はいきなり身悶《みもだ》えして泣き出したのだ。むせび泣きとか嗚咽《おえつ》とかいったことばなど当てはまらない。身をゆすって声を上げて泣いている。それまで涙を流して画面に見入った人達まで不思議そうに祖母を見た。

祖母は逃げるように門の外へ出た。祖母はいつまでも泣き止まなかった。こどもの私の目から見ると、まるで痙攣《けいれん》しているようにさえ見えたのだ。なぜ泣くのかと訊《き》くのもはばかれて、ひたすら祖母の手を握りしめた。大人になったら訳を聞こうと思ったのに、そのままになってしまった。

読経が終わって宴に移った。談笑しているうち、ちょっと離れた席にいるあの見知らぬ老婦人がじいっと私を見ているのに気がついた。目と目が合った瞬間、彼女は小さな手でこっちへ来いと合図した。

「貴方《あた》に話したいことがあります」

彼女は私が誰であるのか知っているらしい。が、私には彼女が何者であるか判らない。そのもどかしさを感じ取ったのか、ふふと悪戯《いたずら》っぽく笑いかけ、「貴方のおばあさんの恋人の妹です」と言った。

「恋人、ですか」と釣り込まれて訊き直す。

「恋人で悪ければ、夫婦《みょうと》になるはずだった男とでも言い換えましょうか」

「おまきさん――貴方のおばあさんは十六のとき、私の家に来ました。女衒《ぜげん》に売られるところを私の祖母がむぞなげ（ふびん）に思って何がしかの銭を払って引き取ったと聞きました」

そういうことは初耳だった。あの祖母はあの時見せた嗚咽以外、哀れさなどみじんも感じさせなかった。堂々とした家の主で、いろんなことに采配をふるっていた。今、話をしてくれている老婦人の祖母という人もそういう存在だったのかもしれない。

「おまきさんは下女として、そりゃあもうよく働いていました。器量もいいし、気立てもいいし、私なんか、嫉《ねた》ましく思ったくらい。よく『おまきを見習え』と言われたものです。

そんなおまきさんに私の兄が心惹《ひ》かれたのは当然だったかもしれません。兄は心優しい人で、身分などわけへだてをしなかったから。おまきさんも兄が好きだった。でも、互いに思い合うだけで、二人きりで逢うなどということはしなかった。おまきさんにとって、兄は手の届かない人だったし、兄も両親や縁者が許してくれないだろうことぐらい判っている。だからこそ、二人の思いは慕りに慕った。さぞかしせつなかったでしょう。

思い余った兄は祖母に打ち明けた。嫁にしたいと相談されて、祖母は考え込んだ――こういうことは後になって祖母から聞いたことです。私が歳を取ってこの話を心から話したいと思う時が来るまで、決して誰にも言っちゃいけないと条件つけられてね。

考えたあげく、祖母には一つの案が浮かんだ。

おまきを実家の養女にすれば事は巧く運ぶに違いない。そこから嫁に迎えればいい。来月、実家で法事があるから、そのとき実家に話を切り出そう。なあに、あの家を継いでいるのは弟だからこれしきの無理は引き受けてくれるよ。

いよいよその日がやってきた。祖母の実家は川向こうの郷の大家。川の幅は百メートルくらい。橋はないから渡し舟に乗って行かなければならない。祖母は兄を連れて家を出た。

桃の節句の頃で、まだ肌寒かったが、日射しは暖かかった。二人は渡し場まで歩き、そこから小舟に乗った。客は他に三人。みんな女性だった。ピンクの花のついた桃の小枝を手にした娘や日傘をさした華やいだ娘もいた。祖母も日傘をさしていた。

舟は青い芽が出始めた葦の間をすべるように水面を切って進んだ。川の中ほどに出た頃、いきなり突風にあおられた。娘の日傘が飛んだ。驚いて娘が立ち上がり舟はかしいだ。と、またも突風があった。次の瞬間、舟はひっくり返った。

船頭と兄が女達の生命を救った。が、兄は力尽きて激流に呑み込まれてしまったそうです」

毎朝、祖母が両手を合わせて拝んでいたのを思い出した。あれは西の方角だった。思わず「西の——」と言いかけると、老婦人はにっこり頷《うなず》いた。

# 鳶

青春群像　I VITELLONI
1953年、イタリア（ペグ・フィルム）
監督　フェデリコ・フェリーニ
フランコ・ファーブリッツィ、フランコ・インテルレンギ、アルベルト・ソルディ

あの頃、田舎の空をよく鳶《とび》が舞っていた。ぐるぐる旋回しながら獲物を見つけると、急直下してほとんど的確に捉えた。あの鋭い爪で小動物をわし摑《づか》みにすると、いとも軽々と舞い上がりねぐらの方へ飛んで行った。

そんな鳶を見て、「ああなりたか」と羨《うらや》ましがっている悪童達がいた。悪童といっても、十九か二十の若い衆だ。その中に兄がいた。兄はしょっちゅう連中と一緒だったわけではない。一人になるとよく写生をしていた。小動物や花の絵が巧かった。それでも連中が誘いにくると、すぐ一緒に出かけた。

「連中から離れないとおまえもだめになる」と卒業の際、担任から言われたことがあるそうだが、兄はそんな忠告などとっくの昔に忘れていたように思われた。

ともあれ、連中は鳶を羨望《せんぼう》していた。ところが、ある日、あろうことか、連中は空気銃で鳶を撃ち、肉を食ってしまったのである。

私が近づくと、連中のリーダー格である靖則が、砂糖醬油に漬けた焼き肉をつまんで、「食え」と言ったが、私は空を旋回していた鳶を思って拒絶した。兄は食っていた。

半年もしないうち、連中の一人である隆男の結婚式があった。花嫁は村会議長の二番目の娘だった。噂《うわさ》では彼女は数人の若者と関係があったらしいが、選んだのは、村でもとびきりの美男子である隆男だった。彼女のお腹には五カ月になる赤ん坊がいた。誰の子か判らないのに、彼女は隆男の子だと言い張ったのである。

昭和二十六年というのに祝儀は派手だった。″高砂やァ″を唄ったのは村長で、乾杯の音頭は駐在だった。当時十歳になったばかりの私などは当然座敷に入れてもらえず、他のこども達と一緒に縁側で余分に作った巻き鮨《ずし》だの泡雪羹《あわゆきかん》だのを口に運びながら、祝儀の一部始終を食い入るように観察した。

そのうち、あの靖則が花嫁になれなれしく話しかける様子に気がついた。花婿《はなむこ》の方は気づいていないだろうかと気になって隆男を見やると、隆男は隆男で、花嫁の従妹と愉《たの》しそうに話し込んでいる。

不意に肩を摑まれて驚いた。兄であった。

「本気で絵の勉強ばしようと思う」

酔ってるなと思ったが、兄は真剣だった。

「俺は家を出る」

兄はさらに真面目な目で私を見、「明日の朝の一番列車に乗る。切符はここにある」と言い、胸ポケットを軽く叩いた。

「当座の銭は三年かけて貯えた。母ァちゃんには打ち明けとる。四時の汽車だ」

その兄を座敷から隆男が呼んだ。

「おい、そがん（そのような）所で何ばしよる。早うこっち来え」

私は兄の胸を引っ張った。すると兄は「今夜が最後だ。心配するな」と耳打ちし、座敷に上がって行った。その兄に隆男がコップを握らせ、銚子《ちょうし》を傾けた。

兄ィちゃん、だめだよ。

柱時計が十二時を指そうとしていた。宴はますますたけなわになっている。こどもは寝る時間だと大人達が注意しに来たが、全く動こうとしない。これからが面白いと知っているのだ。

まず村会議員の一人が卑猥《ひわい》な替歌を大声で歌い始めた。五十は下らない客達はいっせいに手拍子を取って囃《はや》す。そのうち、一人の女が大きい摺粉木《すりこぎ》に赤い布を巻いたのを持ってきて村会議員に手渡した。

わぁっと歓声が湧いた。

摺粉木を手にした男はそれを自分の股ぐらにはさみ込み腰を揺らして踊り始める。すると、客たちはいっせいに〝赤ちんちん、良かちんちん〟と囃す。男客も女客も笑いながら声を高くしていく。

靖則が真ん中に躍り出て、摺粉木を受け取った。彼は議員よりさらになまめかしく腰を振って踊り始めた。

〝赤ちんちん、良かちんちん〟

初めのうちは目を輝かせ、ごくりと唾《つば》を呑み込んで見入っていたこども達までも唱和し始めた。

摺粉木は隆男に渡された。

「もっと腰を振れ！」と野次がとぶ。三味線がけたたましく鳴り響く。赤い布が取れかかると、花嫁の父が立ち上がって巻き直す。

「もう一回、もう一回」と野次は歌うように隆男をけしかける。だが、隆男は首を横に振って「俺の代わりに」と言い、摺粉木を私の兄に手渡した。

擂粉木を手に兄はすっくと立ち上がった。

〝良かちんちん、赤ちんちん〟

乱暴なまでに人々は声高に囃し立てる。

やめろよ、兄ィちゃん――と叫んだつもりが声にならない。

兄は隆男よりさらに艶っぽく腰を振った。

そして、踊りが終わると、隆男は再びコップ酒を兄に手渡した。兄の顔が艶然《えんぜん》と輝いて見えた。

二時近くになって小用に立った兄を呼び止めて「兄ィちゃん、行く時間だ」と言った。

兄はほんの瞬時私を見て、「もうよか。いいんだよ」と泣き顔になって答えた。足もふらついていた。これだと本当に駅へも行きつけまい。

兄の体がぐらりと揺れた。私は兄を井戸端へ連れていき、あびるほど水を飲ませた。そして納屋からリヤカーを引っ張ってきて兄を無理やり乗せた。


半年ほどして兄から一枚の絵が送られてきた。空を舞っている鳶の絵だった。〝成功するまで戻らない〟と書き添えられていた。

二十歳になった頃、私は「青春群像」という映画を見た。イタリアの小さな町で暮らすぐうたらな若者達の話――あの頃の兄達と同じじゃないかと思った。でも、兄は抜け出したのだとも。

みんな歳を取った。兄は遂に帰って来なかった。その代わり、私に届いたのは、兄の訃報を知らせる一枚の葉書だった。

# 抜け道

裸の町　THE NAKED CITY
1948年、アメリカ（ユニヴァーサル）
製作　マーク・ヘリンジャー／監督　ジュールス・ダッシン
バリー・フィッツジェラルド、ハワード・ダフ、ドン・テイラー

熊本市新市街。

メインはサンロードと呼ばれるアーケード街。この大通りには幾つかの脇道がある。たとえば、下通りに向かって左側には二本。手前が銀杏通りで、下通り寄りにあるのが栄通り。この二つを最初につないでいるのが旭通りである。ここはかつて飲み屋街としてさんざめいていたのだが、今はその面影どころか、かなりくたびれている。

旭通りから栄通りに出て、左手に三歩ほど歩くと、プールスコート通りがある。昔は寿通りと呼ばれていたのだが、サンロードと同じく外国語っぽく名を変えたら、おしゃれな若者達で溢れるようになった。

このプールスコートにも脇道がある。玉屋通りというカーブを描いたような細道で、ここを抜けるとサンロードへ出る。実は栄通り寄りにもう一本ある。〝「〟の型をした更に細い道でほとんど目立たない。大人の足で四十歩ほど歩くと栄通りに出てしまう。ここには三軒の居酒屋が肩を寄せ合っている。夜になると灯が

点り人々が行きかうが、昼間はまずひと気がない。通りの名は知らない。ないのかもしれない。私は、たまにそこを抜けることがある。ひとに逢いたくなくなったときなどに。

この間の昼下がりのことである。

たぶん二時過ぎだったと思う。私は五歩くらいこの通りに足を踏み入れていた。思いがけなくバタバタと荒っぽい足音がして、一人の若い男がプールスコートから駆け込んできた。明らかに誰かに追われていた。眼光は殺気立っており、私を突きとばしそうな気配だった。

追ってきたらしい男が入り口あたりで相棒に叫んだ。息はあえいでいるが、言うことははっきりしていた。

「出口を押さえろ。はさみうちだ！」

声を聞いて若者は足を停めて私を振り向いた。逃げられないのかとその目は訊《き》いている。

そうだよ。ここは〝「〟になってるんだ。もう逃げられないよと私も目で応じた。そのとき、私は若者の背後に大きな壺があるのを見た。若者は私の視線を追って自分の当座の隠れ場を発見したようだ。たちまち、彼は壺の後ろに身を潜めた。

双方から駆けてきた二人の追っ手は角の辺りで顔をつぎ合わせ狼狽した。そして、瞬時だが互いに責任をなすりつけるように睨み合った。やがて、若い方が喋《しゃべ》り始めた。

「旭通りを抜けてすぐここへ逃げ込んだんですよね。出口は僕が押さえた。はさみうちは成功するはずだった」

「雪隠詰《せっちんづめ》だ」と年配の方がぶっきら棒に言った。

「まだ、この辺にいる」とも言った。

「店を当たってみますか」という若い方が訊いた。年配の方が頷《うなず》いた。

私は壺の方を見やった。辺りの様子をそっと窺っている若者の視線とぶつかった。「どう逃げたらいい」とその目は尋ねていた。濁ったところのないきれいな目だった。そのつぶらな瞳の輝きに一瞬胸をつかれ、思わず空を見上げた。屋根の間から細長く切り取った空が見えた。真っ青に澄み切った空だ。あまりにも青々としているので目がくらみそうだった。

次の瞬間、若者はにやりと笑った。狡猾《こうかつ》さを思わせる笑みだった。若者は追っ手達が最初の居酒屋に気を取られているのを知ると大胆にも立ち上がり、まるで野良猫みたいにひょいと壺の上に跳び上がった。そして、そこから屋根の上に飛び移った。それから、再び私を見、にっと笑った。

淫靡《いんび》な笑みだった。ひょっとしたらそれは私の心に巣食う邪《よこ》しまな想念を触発して、そう思わせたのだろうか。

やりきれない思いで再び空を見た。そして昔、少年だった頃に見た映画の一場面を思い浮かべていた。ニューヨーク、マンハッタンの下町を殺人犯が逃げ廻る。遂にはウイリアムズバーグ橋に追いつめられる。ウイリアムズバーグ橋――実際には見たこともないこの橋の名を、六十年経っても、ちゃんと覚えている。さて、その犯人だが、橋の上ではさみうちになる。もはや逃げ場がないと観念したつもりが、次の瞬間には橋の鉄塔を登っているのだ。その彼がひょいと下方を見やると、人々が実に愉しそうにテニスに興じている。自分と全く違った人生がそこにはある！

屋根を伝って玉屋通りの方面に逃げた若者は何を見るのだろうか。気になってプールスコートへ出て上を仰ぐ。東宝ビルによじ登ろうとしている若者の背が見えた。ビルの表側はサンロードに面している。だが、アーケードで覆われているので、若者の姿はサンロードを通っている人々には見えないだろう。

そうだ。アーケードが視界をさえぎっている〝蝶〟が東宝ビルの正面に埋め込まれている。かつて映画界が活気に溢れていた頃、郷土在住の海老原喜之助画伯の〝蝶〟のモザイク画を劇場のシンボルとして装ったのである。まだサンロードなどと呼ばなかった頃の新市街を通る人々は、驚嘆の面持ちでそれを眺めたものだ。あれは繁栄の証であったし、私もまだ輝いていた。この先、素晴らしいことが起こると本気で信じていた。

なのに、何も起きなかった。

いつのまにか、そうした期待めいたものはすりへってしまっている。それに、私は一度たりとも脱線したことはない。単に保身術にたけていただけではあるまい。憶病だったのかもしれない。まして、冒険など!!

私は若者のあのまなざしに動揺している。あの狡猾さと猥雑さとが突き刺さったままだ。

だが、あれは何事だったのだろう。テレビでも報道されなかったし、新聞記事にものらなかった。もちろん、噂にもならなかった。幻であるはずがないのに。

唯、私の心では何かがグツグツ煮えたぎっている。

＊注　二〇〇七年現在、旭通りも東宝ビルもすでにない。

# 貝売りの少年

ロビン・フッドの冒険　THE ADVENTURES OF ROBIN HOOD
1938年、アメリカ（WB）
監督　ウイリアム・キーリー&マイケル・カーティス
エロール・フリン、オリヴィア・デ・ハヴィランド、バジル・ラズボーン、クロード・レインズ

昭和二十三年のことである。

私の一家――母と弟と私の三人家族であった――は戦地に赴いた父の復員を待って疎開先の田舎で暮らしていた。前に住んでいた街の家は戦災に遭って跡かたもなく焼失していた。私は十歳だったが、一家では年長の男性であった。

ヒロシさんとの出会いはその年の春先である。前後ろに籠をさげた天秤棒《てんびんぼう》をかついでヒロシさんは海辺の村落から三十分かけてやってきた。籠の中には、前の日に採って一晩かけて砂抜きしたアサリ貝が半分くらい入っていた。ヒロシさんは朝五時ごろに一日おきにやって来た。歳は十五というが、みるからに軟弱そうな体つきだった。

貝を売ったあとで中学校に通っているという。涙もろい母がすぐに同情したから、わが家の朝食のおかずは一日おきに貝汁となった。

ひと月近く経つと、互いに慣れ合って、ヒロシさんもポツリポツリと身の上話をするようになった。母が起こしにくるので、私も話を仕様なしに聞くことになった。

「僕は、満州から引き揚げてきました」

それが最初だった。ひとたび口にすると、話はまるで溢れるように出てきた。

「吉林《キチリン》市を出たのが、昭和二十一年の七月二十五日。炎天下のもと、無蓋車《むがいしゃ》で瀋陽《しんよう》まで行きました。途中、何人も病気で亡くなりました。そこからコロ島に収容され、やっと船に乗ることが出来ました。日本の港に着いたのは、十月八日です。母と妹と一緒でした。命からがらでした」

母はポロポロと涙をこぼして話に聞き入っていた。

「さぞ辛かったでしょうね」

「運が良かったんです。でも――」と言いかけて、ヒロシさんは白みかけた空を見上げた。

「佐世保港に着いても、すぐ上陸というわけにはいかなかったのです。船にコレラ患者が出たというので、足どめを食い、ＤＤＴの白い粉を頭から撒かれました。それでも、佐世保港では上陸できず、ハエノサキという漁港でやっと船を下りました」

母はおいおいと声を上げて泣き出した。ヒロシさんと私は途方に暮れて、母から離れた所へ向かい、いろんな話をし合った。私達は互いの父親がまだ戦地から戻ってこないことを確かめ合った。

「今、住んでる所は父の里なんだ。好きじゃないよ。あそこでの生活は僕にはとてもなじめない。でも、我慢してるんだ。父さんが帰ってきてくれさえすれば、とね」

ヒロシさんはそう言って弱々しく笑った。

そのうち、私は早起きするようになり、ヒロシさんが来るのを待つようになった。

「僕は松花江《ズンガリー》の近くのアパートに住んでたんだ。松花江といっても判んないだろうなあ」とヒロシさんが溜息まじりに言うので、私は「判るよ。地図で調べるから」と強がった。

「戦争が終わったら、何もかも逆転したんだ。昭和二十年八月二十四日。あの日は日本人に外出禁止令が出たんだ。雨戸を閉めて閉じ込もっていること、外を見てはいけないこと。でも、外は一日中、ゴーゴーと戦車が通る音が響いてた。ソ連軍がやって来たんだ」

ヒロシさんの顔が心なしか引きつって見えた。だが、すぐにヒロシさんは「こんな話、面白くないよね」と言った。面白いよと私が言っても、それ以上、ヒロシさんは満州の話をしたがらなかった。

その代わりに、父親と一緒に見た映画の話をしてくれた。「ロビン・フッドの冒険」――。〝冒険〟ということばの響きに私は心をときめかせた。

「ずうっと昔の話だよ。場所はイングランド。イギリスだよ。みんなから慕われていたリチャード王が十字軍の遠征に行ったきりなかなか帰ってこないんだ。そこを狙った弟のジョン親王が悪政をしき、人々を苦しめる。この人はもともと邪《よこ》しまな心の持ち主なんだ。人々はリチャード王の帰りを待っている。ジョン親王はますます暴虐をきわめていく。そこへさっそうと登場するのが、義賊ロビン・フッドなんだ。人々はこのロビンを希望の星と慕う。でも、ロビンだって、王の帰りを待ってるんだよ」

僕も君も互いに父さんの復員を待ちわびてるんだね――口には出さないが、ヒロシさんの思いはせつせつと私の心に浸みてきた。

その頃、私の母は裁縫の技を活かして、農婦の作業に欠かせないつばのついた手拭い帽だの脚絆だのを請け負っていた。私も注文取りや出来上がった品物の配達に奔走した。炊事も手伝った。母と私の間には〝なんのこれしき〟という暗黙の了解が生じていた。

私達よりももっと辛い思いをしている人がいる。そういう意味でもヒロシさんは希望の星だった。そのヒロシさんが来ない日がしばらく続いた。

一週間ほど経ったある日の夕方、ヒロシさんはひょっこり姿を現わした。嬉しくてたまらないといった表情で、「父さんが戻ってきました」と告げた。

「喜びのあまり、母が寝込んだり、それに、いろんな手続きがあったりして、報告に来るのが遅れました」

そう言ったあとでヒロシさんはきりっとした表情になった。

「でも、僕だけ幸せになるなんて厭《いや》です」

ヒロシさんの目に涙がにじんでいる。

「見張り役の近所のおじいさんは狙撃者と疑われて撃ち殺されました。若い女の人がソ連兵に連れて行かれたきり戻ってこなかった。日本へ向かう船でも幾人も亡くなりました」

母はヒロシさんの言葉をさえぎり、「辛いことは忘れておしまい」とだけ言った。ヒロシさんは頷《うなず》いた。

そして、大きく手を振りながら夕闇の中に消えて行った。

それっきり、ヒロシさんと逢っていない。

――私の父はとうとう帰ってこなかった。

# ハル

リオ・グランデの砦　RIO GRANDE
1950年、アメリカ（リパブリック）
監督 ジョン・フォード／音楽 ヴィクター・ヤング
ジョン・ウェイン、モーリン・オハラ、ベン・ジョンソン、クロード・ジャーマン.jr

従兄《いとこ》の富男さんが亡くなった。

私より七つ歳上で、田舎に生まれ育ち、その地で果てた男《ひと》である。

葬儀のあと、霊場の小部屋で火葬がすむのを待っているとき、富男さんの奥さんがだしぬけにこう言うのを耳にした。

「誰か、おはるさんって人、知っとんなさらんですか」

その場にいた者のほとんどが、一瞬あれこれと思いを巡らし、そのあとで申し合わせたように首を横に振った。

「あの人は、いよいよというときになって、『はる』と呼んだとですよ」

奥さんのその一言で、私は一気に五十余年前のことを思い浮かべた。

はる――ハルのことだ。

事情があって、私はその頃、八カ月ほど父の里であるこの田舎に預けられたことがある。街のどまん中からいきなり見渡す限り田畑しかない田舎に抛《ほう》り出されたのだ。寂しいなんてものじゃない。初めのうちは泣いてばかりだったように思う。そんな私に声をかけていろいろと面倒をみてくれたのが富男さんであった。わずか十五歳というのに、れっきとした大人だった。農業の仕事も一人前にこなしたし、そのうえ、家の農耕馬の世話も任せられていた。その馬の名がハルだった。

富男さんは早起きしてハルの餌《えさ》にする草を刈りに行った。その草を〝馬食《うまは》み機〟と呼んでいた手動の切断機で細かく切って桶に入れ、米糠《こめぬか》と水を混ぜてハルに食べさせた。狭い馬小舎の中からハルは富男さんの所作を見、富男さんと視線が合うと、嬉しそうにいなないた。

ハルは富男さんと共に田畑へ行き、鋤を引いて耕した。来る日も来る日も同じ仕事に従事した。それでも、ハルは富男さんと一緒にいるのが、嬉しそうだった。仕事のあと、富男さんは近くの川まで連れて行って、ハルの汗と汚れを洗い落とした。冷たい水を浴びてハルは大きく首を振りヒヒーンと鳴く。富男さんはそんなハルを目を細めて見やった。

田圃に水が入り、ハルの仕事がなくなると、富男さんは自分の仕事が終わったあとで、ハルを運動に連れ出した。ハルに股がり駆けさせるのだ。あまりに颯爽《さっそう》としているので私も「僕も乗りたい！」とせがんだことがある。だが、ハルに乗るのは富男さんの聖域だったらしく、いくら頼んでも頑として承知しなかった。

ある日、すっかり暗くなっても富男さんとハルが戻ってこないことがあった。心配になって家の前で待っていると、闇の中からいきなりハルの手綱を引いた富男さんが現われた。ハルに寄り添う富男さんの姿は刻明に覚えている。ハルも鼻を富男さんに幾度もすりつけていた。富男さんとハルは一緒のときを過ごすことで至上の幸せを噛みしめていたに違いない。富男さんにとって私の面倒見など、しごく厄介なことであったのかもしれない。

なのに私はまたハルに乗りたいとせがんだのだ。富男さんは、うちには鞍などない、ハルに乗るということは裸馬に乗ることで、これはとても危険だと私を諭した。

「だって、富男さんは」と私は抗《あらが》った。

富男さんはハルのうなじをさすりながら、

「ハルが俺に乗ってくれと頼むんだ」と言った。

そのハルに異変が起きた。

この村にも車が多く出入りするようになっていたが、往還は未舗装のままだった。それで車のタイヤが路のあちこちをうがって、雨が降ると、そこここにぬかるみが生じた。ハルはそのぬかるみに脚をとられ転倒してしまったのである。それでも何とか自分の馬小舎までたどり着いたのだが、安心したのか、そのまま横に倒れ、二度と起き上がろうとはしなかった。

農業の機械化も進み、トラクターを購入した家も現われつつあった。遅かれ早かれ農耕馬は必要でなくなっていたのだ。

ハルの処分はその日のうちに決まった。ハルの始末のために見知らぬ人達がやってきた。問題が一つあった。誰がハルの息の根を止めるかである。

ハルに最も近い者が妥当だということで、富男さんが選ばれた。しばらく迷っていたが、富男さんは承諾した。その富男さんの手に柄のついた鉄槌が渡された。

鉄槌を手にして富男さんはハルの前に現われた。ハルは富男さんを見上げて低い声でいないないた。痛いよと訴えているように思われた。富男さんはハルの鼻をさすった。ハルも富男さんをじいっと見、視線を離そうとはしなかった。かなりの間、富男さんとハルは見つめ合っていた。

やがて、富男さんはおもむろに立ち上がった。それでもハルは富男さんを見つめたままだった。が、富男さんは鉄槌を大きく振りかざした。ハルはまだ富男さんを見ていた。富男さんはそのまま脳天めがけて鉄槌を振り下ろした。

三日後、父が私を連れにやってきた。その間、富男さんは口をきいてくれなかったように思う。

私が高校に通うようになった頃、富男さんは何かの用事で私の家を訪れたことがある。

そのとき、私は恩返しのつもりで富男さんを映画に誘った。「リオ・グランデの砦」という西部劇だった。馬が沢山出てきた。若者がその中から一頭を選んで立ち去る場面があり、その馬がどことなくハルを思わせた。そのことを口にすると、富男さんは「あれのことは忘れたよ」と素っ気なくかわした。それっきり、富男さんとは疎遠になった。

「そろそろ、です」と火葬の終わりを告げられた。立ち上がりしなに、私は富男さんの未亡人に「ハルっていうのは馬の名です」と耳打ちした。

「富男さん、可愛がってましたから」

夫人は「そう」と安堵の微笑を浮かべた。

# 遥かなる国

世界に告ぐ　OHM KRÜGER
1940年、ドイツ(トビス)　日本公開1944年
監督　ハンス・シタインホフ
エミール・ヤニングス、ハンネス・シテルツァ
E・ヤニングスの意に反しナチスの宣伝相ゲッペルスの手によってナチス宣伝のための反英映画として作り変えられ公開されたという。

かつぎ込まれた救急車の中で、母は喘《あえ》ぎながら何かを伝えようと口を動かした。耳を近づけると、「ダイツ」としか聞き取れない。

あくる日、母は意識を取り戻した。医者はまだ安心できないと言うけど、母はしきりに私に何かを伝えたがった。初めのうちは口許《くちもと》がしっくりいかなかったが、次第に言うことが私にも伝わってきた。母は「ドイツへ行きたか」と言っていたのである。

ダイツでなくドイツだと判ったものの、母とドイツがどうしても結びつかない。そのような話など聞いたこともない。

「なんで（どうして）」と私が訊《き》くと、母はふふっと笑った。その日はそれで終わった。

次の日、母は雄弁になっていた。私が来るのを待ち構えたように「ドイツのことなんだけど」と切り出した。

母はこのところよく少女時代の頃の夢を見ていたという。十二か三の頃のこと。両親が相次いで亡くなって急に世間に抛《ほう》り出されたからそりゃあ毎日が必死だった。手に技をというので裁縫の見習いに通っていた。そんなある日、友達に誘われてそこへ行ったという。

「そこって?」

「キリスト教のあれ」

「教会?」

「そんなとこ」

「どこにあったの?」

「呉服町」

ドイツ人の宣教師だった。優しい奥さんがいて、ヴィルヘルムという六歳になる金髪の坊っちゃんがいた。坊っちゃんはたいそう可愛かった。

何とか祈りの文句を覚えて十字を切ると、いつもクッキーを下さった。クリスマスにはケーキも食べさせて貰った。ケーキの話になると、形も色も覚えていないが、この世のものでないくらいおいしかったと言って、ごくりと唾《つば》を呑《の》み込んだ。

「そこの人達は品があって、きれいな青い瞳だった。天使そのものだった」

そう言って母は目を細めた。

貧しくて辛い生活だったのだろう。母はそこの人達と接することで何とか切り抜けてきた。私の父と出会って人並みの生活をし始めるのは、それから十年ほど経ってからのことだ。宣教師一家は母にとって生きていくつっかえ棒のようなものだったに違いない。

「あんた、ドイツのパンを食ったこと、あるかい」

「あるよ。固くて酢っぱい――」

「いんや、口の中がとろけるほどおいしかったよ」

だが、それも束の間の幸せだったのだ。知り合って一年も経たないうち故国ドイツへ帰って行ってしまった。あとは、その人達の残り香が生きる支えとなっていたらしい。

あくる日も母は私が病室に入ってくるなり、ドイツの話をし始めた。それは「あんたは覚えとるかい」で始まった。

「あんた、ヒトラーに旗振ったとよ」

聞いて仰天した。そんなことするはずがない。母の大仰な作り話かと思った。

「まだ二つになってなかったから、覚えとらんのも無理なかよね」

二歳になっていないだって？　だが、そんな話、聞いたこともない。

「二月の初め。寒い日だった」

そうすると、昭和十三年かと素早く計算する。その日、何があったのか。

「ヒトラーが来たとよ。熊本に」

「ヒトラーって、あのアドルフ・ヒトラーのこと？」

「いいや、ヒトラー・ユーゲントと言うとった」

あとで判ったことだが、その頃たしかにユーゲント代表としてラインホルト・シュルツェなる人物が来熊している。そのことに違いない。

「熊本駅に出迎えに行ったとよ。あんたをおんぶしてね。駅の周辺はもう大混雑だった。みんな旗振って――あんたもあたしの背中で小さいヒトラーの旗振って〝アイン、アイン〟って言うたよ」

アインだって？　まさかハイル・ヒトラーと言うつもりだったのか。この私が！

「もちろん！」と母は大きく頷《うなず》く。

「あの頃は、みんなドイツ、ドイツだった。若い衆の間で靴のかかとをカチッと合わせて敬礼するのが流行《はやり》だった」

その母の目が釘付けになったのはラインホルトではない。彼に随行していた若いユーゲントだった。あの宣教師にそっくりだったのだ。まさかと思ったが、あのヴィルヘルム坊っちゃんなら、その年齢に達しているだろう。みごとな金髪に青い瞳、ピンクがかった白い肌――思わず母は「ヴィルヘルム坊っちゃん！」と叫んだのだ。だが、その声は歓呼の声に呑み込まれてしまった。

その頃、ドイツの映画もかなり上映されていた。字幕を読むのが辛かったけど、母はむさぼるように幾本かの映画を見たという。

「ニュース館だったと思うけど、『世界に告ぐ』というのも見たよ。内容はもう忘れてしまった。他のは題も覚えとらん」

次の日、母の容態が急変した。病室に駆け込むと、母は私を手招いてふり搾《しぼ》るような声で「ドイツへ行きたか」と言った。

母は一途に懇願するような目で私を見ている。とても「だめだよ」などとは言えなかった。母はあの頃に戻りたがっている。

「行先はドレスデンって言いなさった。歴史の香りがするすばらしい街だって。いつかいらっしゃいって言いなさった」

それだけ言うと、母は安堵したように深い眠りにおちた。

ドレスデンは連合軍による空襲でほとんど壊滅したのだ。ましてやヴィルヘルム坊っちゃんがその後どうなったか到底判るまい。

花瓶《かびん》の白い花びらが一片ぽとりと落ちた。

# 曲り角

**東京暮色**、1957年　松竹大船
監督　小津安二郎
笠智衆、原節子、山田五十鈴、有馬稲子、田浦正巳、高橋貞二

「あんたの父ちゃんはおもしろか人だった」と母は目を細めて言ったものだ。幾度も幾度も繰り返し聞かされた話、それはこういう前置きで始まった。

旧制中学に通っていた頃の父が遺した唯一の逸話——ある日、何を思ったのか父は友人ととんでもない賭をした。十五分の制限時間で饅頭《まんじゅう》を三十個平らげたら学校を辞めてもいいと。その場で友人はみごと平らげたので、父は即刻学校へ向かい退学届を出したという。

母は〝おもしろか〟と評価するけど、周囲はそうは受け取らなかった。祖母などは「何て早まったことをしてくれた」と泣きじゃくり、祖父は三日間家に入ることを禁じた。

「そのうえ、本当に良か人だった」と母の話は続く。

これは大陸、京城《キョンソン》での話。父はその地で巡査をやっていたことがある。何かの事件の容疑者として土地の若者が連行された。アリバイが成立したのに、若者を釈放しようとしない上司に父は文句を言い、ついに喧《けん》

嘩《か》になった。あげくの果ては職を失い、内地に帰ることになる。これも〝早まったこと〟になるだろうが、母にしてみればれっきとした正義漢だった。

ともあれ、父は母と出合い、二本木の遊廓街のど真ん中に雑貨店を出した。そのうち店の方は母に任せ、自分は会社員になった。その頃生まれたのが私である。

鞄を抱えて出勤する父を母は毎朝玄関先で見送った。そのうち、私は母に抱かれて玄関先で父の去りゆく姿を見るようになり、やがて、私だけが「いってらっしゃい」と声を張り上げて見送るようになった。

路を隔てた廓の塀に添って歩く父の姿が次第に小さくなり、その塀の終わりにある曲り角でひょいと消える。こども心に父は本当に帰ってくるのだろうかと心配になったことがある。

だが、それは思い過ごしだと、夕方父を迎えるたびに思った。休みの日はよく映画に連れて行ってくれた。父の好みはなぜか戦争ものが多く「マライの虎」とか「加藤隼戦闘隊」とか、そういう映画を見たあとはすごく上機嫌だった。それだけですめばよい。私も同じだと思い込んでいるらしく、「そうだろう」などとしつこく同調を迫られたことがある。

私は父と一緒に見たものの中では、長谷川一夫が出演したスパイ映画「重慶から来た男」が気に入っていたが、父は気に召さなかったようだったから、私は「すごくおもしろかった」ということばをぐいと呑み込んだことを覚えている。そういう意味では迷惑な人でもあったのだ。

気に入った映画の時は、帰りに父は東庵に立ち寄り一杯飲むのが常だった。父はこの店の蕎麦掻《そばがき》が大のお気に入りで、これを肴《さかな》にしてコップ酒を口にした。しまいには私も蕎麦掻を相伴させられた。まだ八つの身だ。これだけは食べるのに苦労した。口に抛《ほう》り込むとすぐ呑み下した。それでも口の中にそれはくっついていて不快だった。

食べ物についてはもう一つある。

家では、毎晩のように父の晩酌に付き合わされた。小さなちゃぶ台に父と差し向かいに坐らされ、父の好物のいか刺身《さしみ》を食べさせられた。あのぬるっとした感触が厭《いや》だったので噛まずにそのまま呑んだ。何と厭だったことか。だが、父の上機嫌な表情を見ると、どうしても断われなかった。

ゆえに今でもいか刺身と蕎麦搔は食べられないでいる。母は「父ちゃんはあんたと差向《さし》で飲むのが夢だった」と言うのだが、いくら何でも幼児相手では勝手過ぎる。ともあれ、父に関する私の記憶は、終戦の前の年に集中する。

その日、父はいつものように鞄を小脇に抱えて家を出た。私は玄関先で見送った。父は軽い調子で「いってくるよ」と言い、私はわりと元気のいい声で「いってらっしゃい」と応じた。父は振り返ってにこりと笑顔を返した。まさにそれは唱和だった。それから父はすたすたと歩き続け、曲り角の向こうにすっと消えた。

三時間も経たない頃、私は母達と一緒に病室の前のソファに坐っていた。父は会社で倒れ危篤状態にあった。と、病室から看護婦がひょいと顔を出し、私の名を呼んだ。

枕許に立つと、父はいきなり私の手を摑み、私の顔を引き寄せた。そして、弱々しい声だったがはっきりした口調でこう言った。

「将来のことは何も心配せんでよか。三千円の国債を買うとる。それだけあれば、おまえは大学まで行ける」

大学だって!?　幼い私には何のことかよく判らなかった。だが、父を安心させるために大きく頷いてみせた。

「じゃあ、母ちゃんを呼んで」

父の時間はいくら何でも速すぎる。そのことは幼い私にもよく判った。父に急《せ》かされすぐに外に出、母を呼んだ。だが、母が駆けつけたときは父はもう昏睡状態に陥っていた、母は父から最期のことばを聞けなかった――そのことをのちのち幾度愚痴として聞かされたことか。

享年三十五歳であった。父の病気が何であったのか、私は知らない。幼い者には難しすぎる病名を、ついこないだまで母は覚えていたのだが、すうっと消えてしまったそうだ。

三千円の国債、それだけ貯えるのに相当な苦労したろうに、結局は何にもならなかった。戦争に敗れて国債は唯の紙きれになってしまったのだ。何が将来のことは心配せんでよかだ。

アルバイトをしながら私は大学に通った。

そんなある日、「東京暮色」という映画を見、そのラストシーンに思わず愕然《がくぜん》とした。画面には孤独な父親が鞄を小脇に抱えて出勤する姿が映っていた。瞬間ではあるが、私は自分の父親を見たように思ったのである。

# 去りゆく男

母の瞳　MUTTERLIEBE
1939年、オーストリア（ウイーン）1943年、日本公開
監督　グスタフ・ウチッキー
ケーテ・ドルシシュ、ハンス・ホルト、ウォルフ・アルバッハ・レティ、ズーシ・ニコレッティ

初めてタカユキさんがわが家にやってきたのは、昭和二十年の六月、雨の日だった。

その頃になると、学校に行かなくてもよく、地区ごとに分散教育が行われていた。私達の所は東雲楼《しののめ》の百人座敷。先生が一人来て各々のノートを見る。その後は六年生が得意げに勉強を教えてくれた。当時、私は三年生だった。

その分散教育を終えて家に戻ると、そこにタカユキさんがいたのである。軍服を着ていたのは確かだが、どのような服であったかはほとんど覚えていない。

私の住む二本木仲之町の廓街は客筋がいいことを自慢していた。お大尽しか揚がれないという格式高い廓が軒を並べていた。そこへいきなり新しい官令が下されたのだ。若い兵士達を特例として揚げろというのがそれで、これには相当な反発や抵抗があったらしい。

だが、タカユキさんが訪れたのはそのおかげなのだ。彼等は二人一組で兵舎を出るのが通例になっており、

タカユキさんも佐伯という相棒と一緒にやってきた。仲之町の廓へ揚がるのは佐伯の願望であったが、ここまできてタカユキさんは揚がるのを拒んだらしい。それで廓の仲居が、佐伯が下りてくるまで私の家で待つようにと連れてきたのである。

わが家の一階は店になっており、菓子や煙草を買いに立ち寄る客がいる。それで、タカユキさんは私の居城である二階の部屋で所在なさげに本を読んでいた。私が入ると、タカユキさんはさっと顔を上げて私の名を呼んだ。母から聞いていたらしいが、その呼び方が優しくて気に入ったので、私は面倒見のいい主人を演じようとしたようだ。

秘蔵の蓄音器を出してレコードを聴かせることにした。〝誰か故郷を思はざる〟だの〝片瀬波〟だのをかけたあとで、私は去年亡くなった父から捨てるよう強く言われていた一枚をそっと回転盤の上に載せた。ディック・ミネが唄う〝ダイナ〟——そうだ、その頃は敵国人の名はけしからんというので三根耕一と改めさせられていたのだ。

本当のところタカユキさんは気に入っていたのだ。表情を窺ってすぐそうと判った。なのに二フレーズも聴くと「いけないよ」と制した。

「これは禁じられている曲だよ」

それぐらいのこと九歳の私にも判っていた。敵国アメリカの曲は聴いてはいけない——でも、とても好きだった。だから、捨てきれずにこっそり隠し持っていた。それをぜひタカユキさんに聴いて欲しかったのだ。それほど私は親近感を抱いていた。私は唇を噛みしめて曲を中断した。そして気まずい思いでタカユキさんを睨みつけた。その日のことはそれだけしか覚えていない。タカユキさんが帰る段になっても、見送りどころか二階から下りもしなかった。——母の話ではそうなっている。

二度目は一週間ほど経ってからである。やはり佐伯と一緒だった。佐伯が廓へ向かうと、タカユキさんは私を映画に誘った。

「君には難しいかもしれないけど」

難しいということばに私は反発した。それで母の許しを得ると、率先して電停目指して歩いた。途中でタカユキさんは私の顔を窺い「外国の映画だよ」と言い、「何なら別のにしてもいい」とも言った。それが更に私の心を煽った。

そういう訳で私は生まれて初めて字幕つきの外国映画を見ることになった。画面でとびかうのはドイツ語で、字幕の切り換わりは速く、しかも判らないことばが連発する。「母の瞳」という映画だった。母親が四人ものこどもを必死になって育てていく。それくらいしか理解できない。

そのうち、私は傍らに置かれたタカユキさんの拳《こぶし》がわなわなと震えているのを見た。拳は強く握りしめられている。一瞬泣いているのかと思ったが、タカユキさんは決して泣いてなんぞしていなかった。一所懸命涙が出そうになるのを耐えているように思われた。

映画が終わって外へ出たとき、タカユキさんは「キミって、行儀のいい子だね」と言った。たぶん、私がおとなしく二時間を付き合ったことへのねぎらいだったろう。それで私も「タカユキさんもいい人だね」と応じた。すると、タカユキさんは一瞬たじろいだように私を見、ぽつりと「そんなによかないよ」と言った。

そのときは玄関先で見送った。帰りしなにタカユキさんは「もし（生きて）帰ることがあったら、必ず挨拶に伺います」と母と私を交互に見ながら言った。

あとで、例の仲居が「あの人達は特攻（隊員）だよ」と母に告げるのを耳にした。はっとなってあとを追いかけたが、既に彼等の姿はなかった。

最後にタカユキさんが訪れたのは終戦直後。私の家は焼け跡に建てた小さなバラック小屋だった。タカユキさんは小屋の前で呆然とつっ立っていた。服も汚れ顔もすすけている。

気づいた母が早速タカユキさんを小屋の中に招き入れた。タカユキさんは狭い小屋の中をぐるりと見回し最後に私の顔に視線を落とした。

「無事で何よりです」とタカユキさんは言い、息をついで「私も生きて帰るところです」と言い添えた。

それから一瞬目を閉じて「ですが、佐伯は間に合いませんでした」と言った。

「玉音放送のある前の日に飛び立ちました」

タカユキさんは半時ほどしか居なかった。

私の手に、持っていた乾パン等が入った紙袋をしゃにむに渡し、次の汽車で故郷へ帰ると言って立ち上がった。

その日は白川橋の辺りまで見送った。駅まで送ると言ったけど、辛《つら》いからダメだと言い、自分は振り向きもせずすたすたと駅へ向かった。

私は拳を握りしめたまま、タカユキさんが駅の雑踏の中へ消えるのを凝視し続けた。

# 星が降る

戦場の小さな天使たち　HOPE AND GLORY
1987年、イギリス　（ネルソン・コロンビア）
監督・脚本　ジョン・ブアマン
セバスチャン・ライス・エドワーズ、サラ・マイルズ、ジャン・マルク・バール、イアン・バネン

話は昭和二十年の七月一日の昼下りに始まる。私は小学校の、正確にいうと国民学校の三年生だった。新しく友達づき合いをするようになった浅井君が母親と一緒に私の家を訪れた。今から新市街のおばさん宅へ泊まりがけで行くことになったという。浅井君は私にも来て欲しかったのだ。それで、私の母を説得してくれと浅井君は自分の母親を連れてきたのである。

新市街の家にはこの子の遊び相手がいないのです。独りでは寂しいだろうからと彼女はせつせつと口説いた。が、私の母は頑として聞き入れなかった。

この戦時下、何時空襲があるやもしれない。この子には——と言って部屋の奥に積まれたリュックだの、風呂敷包みだのを指さし、万が一の折はあれを担いでいく義務があります。夫が去年亡くなった今、長男のあの子が頼りですから、そう言って母は断わった。

浅井君はすがるようなまなざしで私を見た。それでつい母にねだるような視線を向けた途端、私は太股を

ギュッとつねられた。

やがて夜が来た。何事も起こる気配はしなかった。私は先程の母親の仕草をちょっとだけ恨《うら》んで床に就いた。

かなり時が経って警戒警報のサイレンが鳴るのをまどろみの中で聞いた。そうこうするうち玄関の戸が叩かれた。見廻り役の区長さんだった。「防空壕（のある所）へ行って下さい」と区長さんは言い、母は「はい」と応じた。

この応対はもう慣れ合いになっていた。ほとんどの家庭がそれだけですませ、一歩も外へ出ることはない。防空壕は三十メートル先の東雲楼の庭園にあった。昭和十年の博覧会の折、わざわざ築いたという朱塗りの橋の手前に大きな築山《つきやま》があり、それを掘って壕は作られていた。

半時もしないうち、再び区長さんが巡ってきた。そして「今夜のはホンモノらしかですけん」と言った。そこで母は私の名を呼び「起きとるかい」と訊《き》いた。私はガバッとはね起きた。こういうときに持つ荷は三つ。一つは当座の食糧品でこれはリュックに入っており最も重たいものだった。まず、これを背にしょった。あとは鍋が三つと替えの下着類と薬品と勉強用具。これを両手に抱えて家を出た。

とはいえ、何も起きそうになかった。半ばナアンダという思いでしぶしぶ壕のある所へ足を運んだ。近所の人達もブツブツ文句を言いながら歩いていた。

壕の中に荷物を置くと、母が止めるのも聞かず近所の悪童達と外へ出た。空を見上げた。何も起きそうになかった。

それはいきなり始まった。星がいっせいにきらめいたように見えた。いや、きらめきながら降下してくるのだ。輝きを増しながら次々に下りてくる。それは花火どころではない。こども心にまさに絶景と映ったのだ。

「わあっ、星の降ってきよる！」と誰かが叫んだ。それはまたたくまに「星だっ！」とか、「美しかァ！」という連呼になった。あれは感きわまる叫びだった。

聞きつけて大人達が壕からとび出てきた。彼等は呆然として見入った。が、それも束のまのこと、私達を睨《にら》みつけ「急いで（壕に）入れ！」と怒鳴った。一人のこどもが「美しかろ」と大人に同意を求めると「何ということを」と叱咤した。そして「あれは焼夷弾《しょういだん》だ。火の玉爆弾だ！」と怒鳴りちらした。

あんなにきれいなのが——と私は固唾《かたず》を呑んだ。大人達の肩越しに北東の辺りが妙に明るくなるのを見た瞬間、壕に押し込まれた。

あれはどの辺りだろうか。

壕の中で大人達がひそひそ話をしているのを耳をそば立てて聞いた。

「九品寺《くほんじ》辺りだろうか」

「もっと近い。白山《はくさん》通りかな」

「新市街かもしれない」

新市街と言われても、そのとき私は浅井君のことを一瞬たりと思い浮かべなかったように思う。あんなにきれいなものが焼夷弾などということがあるものか。大人はこどもにこの世のものとは思われないくらいの美しいものを見せたくないのだ。そのようなことばかり考えていた。

つい今しがた体感したばかりの興奮からなかなか醒《さ》めきれずにいたのである。

あれからずうっとずうっと後の日のこと。私はある映画の一場面に釘付けになったことがある。「戦場の小さな天使たち」という映画だ。第二次世界大戦下のロンドン。学校がドイツ軍の爆撃で崩壊されたのを見た少年が、学校が休みになったとこおどりして喜ぶ。

「ありがとう、ヒトラー！」

その少年の姿はあのときの私とそっくりに見えた。周囲の不幸や悲劇など目に入るはずもない邪気のなさ。焼夷弾の落下を星が降ってくると思い込んで、感きわまった私を、どうしようもなく重ねて見てしまったのである。

話を元に戻そう。

空襲の被害の話は少しずつ耳に入ってきた。新市街も相当な災厄を被った、そんな話を聞かされた後、私はやっと浅井君の身を案じるようになった。二、三日経ってその消息が知れる日がやってきた。浅井君母子はある防空壕に避難したが、その周辺は炎に包まれ、壕に入った者は一人残らず亡くなったという。

悲しむ暇もなく連日のように空襲でおびやかされた。やがて、私の家も大がかりな第二次空襲で跡かたもなく焼失する。

あの日まで、あの映画を見るまで、私は浅井君のことをすっかり忘れていたようだ。あれ以来、私は時たま浅井君の夢を見るようになっている。母親の手を引いた浅井君はあのすがりつくようなまなざしで私をじいっと見つめ「ねえ、おいでよ」と誘いかける。助けを求めるつもりでそこに居るはずの母を振り返るが、いつもそこは漆黒の闇が広がっている。

# 川に吠える

グレイストーク　ターザンの伝説　GREYSTOKE THE REGEND OF TAZAN
1984年、イギリス（WB）
原作　エドガー・ライス・バローズ
監督　ヒュー・ハドソン
クリストフ・ランベール、ラルフ・リチャードソン、イアン・ホルム、アンディ・マクドウェル

あれは今から二十年ほど前の夏の暑い日だった。夕方になっても炎天の火照りは消えず、町中の空気をたぎらせていた。そのとき私の目にとび込んできたのが映画館の看板だった。

「グレイストーク　ターザンの伝説」

アフリカの密林が舞台であるらしく、半分裸の主人公の姿も暑そうだったけれど、とにかく〝冷房完備〟という文字に誘われて劇場にとび込んだのだった。

中はひんやりとして心地よかった。映画はまだ始まっていない。あれこれ席を物色していると、誰かが私の名を呼んだ。声の方を振り向くと、それはかつての級友の武田だった。高校時代の無二の親友だったのに、いつのまにか疎遠になっていた。

武田は自分の隣席が空いていると手招いていた。私も素直に従う気になった。懐かしい思いもあったが、それほど興奮することもないのは歳を取ったせいもあるだろう。互いに四十半ばを過ぎていたのだ。それに、

じきに映画の始まりを知らせるブザーが鳴ったので、ほとんど近況を喋り合う間もなく画面に見入った。

始まってどのくらい経った頃であろうか。あれは、猿に育てられた若者が、実の親とも慕う猿を人間の手で殺される――確かその場面だったと思う。若者は全身を震わし、ふり搾《しぼ》るような叫び声を上げたのだ。と、いきなり武田は席を立ち「すまん」と私に耳打ちして出て行った。トイレにでも行ったのかと、あまり気にとめなかったが、武田はいつになっても席に戻ってこなかった。

それから二日ほど経って武田は連絡をとってきた。まず、あの日の非礼を詫び、ぜひ聞いて欲しいことがあるから時間を作ってくれないかと懇願した。

逢うなり武田は「実は、父のことなんだけど……」と切り出し、私の目をじっと見つめた。高校生の頃と同じようにおまえを信じていいんだなという思いが込められているように思われた。それで私は深く頷《うなず》いた。それだけで私たちはあの頃と同じように信頼の絆で結ばれたのだ。

「あの時のことを思い出してほしいんだ。朝、見たことを」

武田のその一言で、私は即、高校生の頃、川尻にある彼の家に泊まった日の朝に思いをはせていた。実をいうと、それはたった一度きりのことで、その嬉しさのあまり、夜になってもほとんど眠ることもなくいろいろと喋り合った。やっと夜が明けて、「少し眠っとこうか」とどちらかが言い出したところで、玄関の戸が開けられる音がした。

「父だよ」と武田が言った。

「毎朝なんだ。慣例みたいなものだ」

散歩なんかじゃないとも言った。武田の父は木刀を持って外へ出る。行き先は加勢川の川原だという。私が興味を示したので、武田は「見に行くか」と誘った。私は一も二もなく賛成し、競い合って起き上がった。

川原についた頃はもう陽はかなり高く昇っていたが、おりしも流れてきた雲の間にすっと消え、影が辺りを覆いつくした。その影の下で武田の父は「おう！　おうっ！」とかけ声を上げて木刀を振り下ろしていた。

と、陽光が雲間から洩れ辺り一面を照らし出した。川原の黒ぐろとした草むらが色を取り戻し始める。濃い目の黄色の花が私の目を射た。深緑の葉が更に花の色を際立たせている。カラシ菜の花だと武田は言った。

その中で素振りをする武田の父は威厳に満ちていた。聞いていたが、さすが軍人上がりだと感嘆した。

「ところが」という武田の声で現実に引き戻された。

「こないだのことだ。父の帰りが遅いので気になって川原に行ってみたんだ。そしたら、父は川面に向かって〝わおっ〟と悲痛としか思われない叫び声を上げていた。あのターザンと同じように吠えていた」

それが映画の場面と重なり、やりきれなくて映画館を出たという。

「それだけじゃない。父は川辺にしゃがみ込んだまま、長いこと頭を抱えてうずくまっていたんだ」

その日は武田から一方的に話を聞くだけで終わった。それからまた長い間——二十年ほど武田とは逢わなかった。

その武田がまた連絡してきた。声には切羽つまった響きがあった。父が入院した。どうも駄目らしい。よかったら見舞ってほしいということだった。

「僕の今までの友人の中では君が一番父の気に入りだったようだ」

そう言われると行かないわけにはいかない。早速武田と示し合わせて病院へ向かった。

武田の父は文字通り寝たきりだった。眠っているように見えた。その父に武田は私が来たことを告げた。すると、父親の目が雲間から陽光が洩れるように少しずつ開かれた。

そして、私を認めたと思われた瞬間、その目はかっと見開かれた。それだけでなく起き上がろうとしたのだ。武田が手伝って中腰に坐らせた。父親は右手を持ち上げるように耳の辺まで上げる。私達は呆気に取られて父親の所作を見た。あれはまぎれもなく敬礼ではないか。

「中隊長殿！」と父親は叫ぶように言った。

「今朝は幾人でございますか」

彼の意識は明らかに戦地をさまよっている。それは判る。それにしても幾人とは何事か。そのとき、私の背筋を冷たいものがすうっと通り抜けるのが悟られた。まさかと思った。

「幾人斬ればよろしいのでしょうか」

空耳ではない。父親は確かにそう言ったのだ。彼は食い下がるように私を見つめている。とっさの判断で「今朝はよろしい」と言った。「もういいのだ。休んでよろしい」とつけ加えた。父親は崩れるように寝、固く目を閉じた。

# 霧の中

ブリガドーン　BRIGADOON
製作　1954年、アメリカ（MGM）
アーサー・フリード／脚本　アラン・J・ラーナー／監督　ヴィンセント・ミネリ
ジーン・ケリー、シド・チャリシー、ヴァン・ジョンソン

おかしいとは思った。川辺でもないのに、霧の季節でもないのに、忽然《こつぜん》と霧が立ち込め、またたくまに私の車をすっぽり包み込んでしまったのだ。午前十一時をわずかばかり過ぎた頃だった。

私は熊本の市街地から天明に向かう途中だった。正午には叔母の十七回忌の法事が行われることになっていた。霧が発生したのは飽田奥古閑《あきたおくこが》の集落を過ぎた辺りだった。

正直言って怖かった。だが、舗装された農道だ。トラクターでも通れるくらいの広さがあり、離合個所も設けてある。それでも怖かった。息苦しくなって幾度も深呼吸をした。

こういう時は楽しいことを思い浮かべるがいい。そうだ、学生だった頃、霧の中から百年に一日だけ現世に出現するという村の出来事を描いた映画を見たことがある。あれは幻想的でとてもロマンティックだった。村の名は「ブリガドーン」だ。ついでに主題歌まで浮かんできた。霧の中から湧き出てくるようなメロディーだ。口ずさんでみる。それでも恐怖は消え去らない。

いきなり、前方に人影が見えた。うろたえて急ブレーキを踏む。車はその人物すれすれで停車した。十一、二歳くらいと見える少年であった。少年は車窓を叩き、「乗せてくれ」と頼んだ。

私はドアを開けて少年を助手席に坐らせた。そのわずかの間に私はとんでもない音を耳にしたのだ。あれはまぎれもなく半鐘の音だ。そのような物はとっくの昔に除去されたものと思っていたのに、この辺にはまだ残っていたとみえる。それにしてもあの音は何を伝えているのだろうか。決していいことではないはずだ。凶事を村人に知らせる早鐘だ。

ドアを閉めると聞こえなくなった。が、私の耳膜の奥では鳴り響いている。

「あれは何だ。何が起こったんだ」と私は少年に訊いた。少年は私の問いに答えず、逆に私に問いかけた。

「今日は十三日ですよね」

「そうだよ、七月十三日」

「そんなはずないよ、九月ですよ」

少年はむきになって言い返した。そんなに自信を持って言われると、それが本当のように思われる。

「でも、おじさんが七月というんなら、それが正しいかもしれない」

そう言って少年は目をそらした。その方角を見やって驚いた。霧でぼんやりとしか見えないが、人の群れがあった。それも何かに脅えている。いや、逃げているとしか思われない。ひょいと視界に跳び込んできた木々が大きく揺れている。何か大きな力が働いて木を揺さぶっているとしか思われない。と、一本がふわっと浮き上がりその梢がフロントガラス目がけて跳んできた。

「見ちゃいけない」と少年が叫んだ。一瞬、目を閉じたが、車が道をそれてしまわないか、その一事が気になって再び目を見開いた。

道はおぼろげだが見える。ついでに道の左右を逃げまどう人の群れも見える。その一人が背負っていた風呂敷包みがふわっとほどけて中身が宙に舞った。鍋、包丁、米、干魚の類いが渦を巻いて飛んでいる。そのうち包丁が車目がけて飛んできた。再び目を閉じる。

「風速二十六メートルだって、ラジオで言ってたよ」と少年が言う。

「五島列島を襲ってた台風がいきなり進路を変えてこっちへやって来たんだって」

車道の先に不意に大きな家が現われた。かと思うと、またたくまに解体したのだ。はじめに瓦が飛んだ。まるで木の葉のようだった。続いて小屋のトタン屋根がはがれ、巨大な中華包丁と化して母屋を叩き切った。

たちまち家自体が大海の藻屑《もくず》のように散らばった。

いきなり男が現われ左方を指して何やら怒鳴った。

「何と言ってる」と少年に訊《き》いた。

「逃げろと言ってる」

何のことか見当もつかない。そこで男が指した左方に視線を向けた。そして、たまげた。高さ三、四階の建物にも相当する大波がこちらに向かって襲いかかってくる。何もかも呑み込むような勢いでうねりながら押し寄せてくる。

「だから見ちゃいけないと言ったんだ」と少年は怒るように言った。

「さ、速度を上げて」とも言った。

私はあわててアクセルを踏んだ。と、前方の視界が次第に開けてきた。霧が薄くなってくる。家が見える。木も見える。青々とした田圃も見えてきた。

あと少しで霧が消えるというところで少年は車から降りた。

「僕の名はヨシト。今日はありがとう」

そう言って深々とお辞儀をしたあとで「もし弟と会うことがあったら、よろしくと伝えてください。弟の名はカズトと言います」と言い、まだ霧の立ち込めている道をすたすたと歩み去った。

それから五分ほどで私は叔母の家に着いた。

法事のあとの宴席で、私はここへ来る途上で出合った不思議な出来事を喋った。すると、ずっと端の方に坐っていた八十半ばの老人が私のところへやってきて「あなた、私の兄者《あんじゃ》に逢われたとですな」と言った。

「カズトというのは私です。兄者はあのときの大津波で亡くなったとです。四間《よんけん》ぐらいもある波が幾つもの村を呑み込みましたもんなあ。何百人もの人が亡くなりました」

そう言って老人は目をしぱしぱさせた。

「あれは昭和二年九月十三日でした。私は父と他所へ出かけとったので難を免れました。そうですか、兄者があなたの車に——」

「ええ。あなたによろしくと」

老人は深々と頷《うなず》き、念仏を唱えた。つられて私も合掌した。

# 掏られた女

拾った女　PICKUP ON SOUTH STREET
（日本公開時の原題はPICKPOCKET）
1953年、アメリカ（FOX）
監督　サミュエル・フラー
リチャード・ウィドマーク、ジーン・ピータース、セルマ・リッター

列車が駅に着くと、ホームは人の群れでごった返しになった。満員の通勤通学列車から外へ出るときは、さながらところてんの押し出し状況で、それがそのままホームへ流れ出たものだから人間の洪水みたいな状況になった。私は筆記用具等が入っている鞄《かばん》をもぎ取られないよう必死になって抱きかかえていた。こういう体験は初めてだった。その日は国立大学の受験の第一日目だった。もし、受かって連日このような目に遭うとなると大変だな――そういう思いがちらりと頭をかすめた。

階段を上りつめたところで、何やら判らないが不安めいたものがこみ上げてきた。もしやと思い、上着の内ポケットに手を入れる。

無い！

財布がなくなっていた。もっと始末の悪いことに、財布にはさんでいた茶色の封筒もなくなっている。あの中には、今日いちばん大事な受験票を入れている。

血の気がすうっとひくのが判った。足ががくがく震えてうまくかわせない。それでも人波が押してくる。下りの階段が怖い。歩いているのは自分の意志ではなく押されているからだ。下りきったところで私はやっと人の群れからはずれることが出来た。改札口に殺到する人々の脇の空間に、まるではじき出されるような格好で向かい、そこにしゃがみ込んだ。

息が苦しい。だが、意識ははっきりしている。まず財布だ。銭がないと、大学方面へ向かう電車に乗れない。駈《か》けていくことも考えた。だが、それでは集合時間どころか入試の時間に間に合わない。問題は受験票だ。あれがないと受けられない。担当の教官に訳を話したところですんなりと聞いてくれるか心もとない。ということは、これからの先の人生が、将来の見通しが陰ってくることを意味している。短絡的かもしれないが、お先真っ暗じゃないか。

ふと、つい今しがた、列車が駅に着くちょっと前のことが脳裏をよぎった。列車が揺れた拍子に一人の少年が私にぶつかってきたのだ。緑色のジャンパーを着た中学生くらいの子だった。一瞬、私にピタッとくっついてきたかと思うと、すぐに離れた。列車はホームに着き、私も人々に続いて乗降口を目ざした。そうだ、あの少年だ。あいつに私は〝明るいはずの将来〟を掏《す》られたのだ。

顔を上げて改札口へ急ぐ人々を見やる。緑色のジャンパーの少年などいやしない。とっくの昔に姿を消したのだろう。こうなったら駅前の交番へでも行くしか法はない。そう思って立ち上がろうとしたが、思うように腰が立たない。じきにへなへなと崩れるようにしゃがみ込んだ。情けなくて涙が出た。涙はあとからあとから溢れ出た。

どのくらいの時が経ったのだろう。目の前に人が立っているのに気がついた。女の人だ。半透明の絹のストッキングをはいている。右に一つ左に二つ〝デンセン〟が入って縦にほころびが走っている。グレーの長めのコート。襟口には大きなルビー色のボタンが一つ。パーマをかけた二十そこそことしか見えないきれいなひとだった。

「あなたのじゃありません?」

そう言って彼女は私の目の前に財布と茶色の封筒を差し出した。まぎれもなく私の物だ。「拾ったのよ。困ってるだろうと思って落とし主を探していたのよ」

私は幾度も幾度も礼を言い、財布と封筒を受け取った。

「封筒の中身、見せてもらったわ。写真であなただと判った。でも、写真より実物のほうがいいわよ」

それからこうも言った。

「ここら辺は掏摸《すり》が多いから用心しなきゃだめよ」

私はもう駆け出していた。それから発車しようとしている電車にとび乗った。

入学試験はうまくいった。〝明るい将来〟をこの手で摑んだと確信した。それもこれもあのきれいなひとのおかげだ、そう思った。

駅へ向かう帰りの電車の中で、昨年見た映画のことを思い浮かべていた。「拾った女」というのがその題だ。ニューヨークの地下鉄でベテランの掏摸がきれいなひとからたいせつな品物を抜き取る。その掏られた美人と今朝逢《あ》ったきれいなひととが重なってくる。

「――用心しなきゃだめよ」とあのひとは言った。あのひとも掏られたことがあるんだ。だから、私に警告したのだ。

待てよ。と、もう一人の私が囁《ささや》く。これは意地の悪い私だ。〝あの人ごみの中からどうやっておまえの持ち物を拾ったんだ。おかしいじゃないか〟私はしきりに否定した。

駅に着いた。改札口を通ってホームに出る。今朝私がしゃがみ込んだ辺りをチラリと見やる。何ごともなかったように静まり返っている。私を見たはずの駅員も私を覚えていないだろう。

今朝とは逆のコースをたどって自分の乗る下り列車のホームに行く。これは構内の端なのだ。向かいには上り列車のホームがあるが、貨物列車の引込線が介在するので十メートルほど先になる。十数人の乗客がまばらに立っていた。その中に階段から下りてきた人々が加わった。私はその群れの中に緑色のジャンパーを着た少年を見つけた。

果たして彼がほんものの掏摸なのかどうか確めたいと思った。階段を伝って上りのホームに行こう、そう決心した。

そのときだ。少年は大きく手を振って誰かに合図した。その誰かが階段を下りてきた。グレーのコートが見えた。ルビーのボタンも見える。結局、私はその場を離れなかった。

やがて上り列車がホームに入ってきた。そして私が乗るはずの列車も。二つの列車は別々の進路を取って発車した。

もう五十年も昔の話だ。なのに最近あのひとの夢をよく見るようになった。

# もう一つの世界

間違えられた男　THE WRONG MAN
1957年、アメリカ（WB）
監督　アルフレッド・ヒッチコック
ヘンリー・フォンダ、ヴェラ・マイルズ、アンソニー・クエイル

「人違い――されたことある？」

それは学校へ向かう電車の中だった。話を始めた友人は半ば得意げに身振りを加えながら私の反応を窺《うかが》っている。

「ない、ない」と応じると、彼は「実は昨日の夕方、いきなり仁義を切られてね」と続けた。若い男が友人の前で派手にそれをやらかしたという。初め他の人に対してだろうと思って周囲を見廻したが誰もいない。呆気にとられていると、若い衆はそのまま立ち去ったという。

聞いてすぐ私はつい先日二番館で見た「間違えられた男」という映画を連想した。あれはごく普通の男がピストル強盗と間違えられて逮捕される映画だった。友人は強盗と誤認されたわけではないけれども、人違いということでは共通する。だが、私はそういうことは一言も口にしなかった。少しだけだが、やっかみを感じていた。

私の身の上では人違いなどされることはないだろう。ごくごく普通の平凡な人生が続くに違いない。たとい短い時間でも他人と見違えられるようなハプニングに出会うことはないに決まっている。そのような諦《あきら》めが、やがて二十歳になろうとする私の心を占めていたのだ。

そして、その通りの人生を歩むことになった。公務員の職に就き、ごく普通の女性と結婚し三人のこどもを育てた。こども達も大きな問題を起こすこともなく成長し、私も定年退職を迎えた。これから先、何事もなく老いていくだろう。そう思い込んでいた。

ところがそうはいかなくなったのである。

姪の結婚式が大きなホテルであった。宴会場もびっくりするくらい広いのだが、その階にはもう一つ更に大きいルームがあるという。

そこでもパーティーが催されているので、みなさん、くれぐれも会場を間違えないようにと司会者が念入りに説明する。その言い方が仰々しかったので一同はどっと笑った。

宴もたけなわになった頃、私はトイレに行きたくなったので会場を出た。二つの宴会場のほぼ真ん中に掲示があって迷わず中へ入ることができた。

先客が二人いたが、私が用を足し始めると、彼らは揃って出て行った。入れ替わりに誰かが入ってきたのが判った。四十半ばくらいの格幅のいい紳士だった。彼は他に空いている所は幾つもあるのに、わざわざ私の右隣に立った。と、もう一人の男がやってきて私の左隣に並んだ。私は彼らにはさまれる格好になり気が気でなくなった。ちらりと右隣を窺ってみる。眼光がやけに鋭い。こめかみの辺りがピクピク震えている。ひょっとして、これは殺気ではないか。ついでに左隣に目を向ける。こちらは三十代後半と見たが、彼の目も坐っている。

途端に下腹部が痛くなった。生汗が流れるのが自分でも判った。息苦しい。

そのときだ。年長の男が私に向かってこう言った。

「頼みたいことがあります」

丁重な話し方だった。だが、断ることができない威圧を含んでいた。

「私どもは、あなたが今しがたまでいらした会場の者ではありません。もひとつの会場を取りしきっている者です。百人ほどのちょっとしたパーティーをやっているのですが、今も彼らは一人の男が会場にくるのを今か今かと待ちかまえているのです。全国で三十七万くらいの会員がいるある組織の会長なのですが、それがあなたと似ている。実によく似ているのです。ですから」

代わりに私に出席しろと言いたいのだろう。そう直感したから、彼にその先を言わせたくなかった。その前にさっさと断ってこの場を退散したい。

「私に代役をやらせたいのですね。でも、もしその人が現われたらどうなります。あなたがたにも迷惑がかかることになるでしょう」

「いや、その心配は要らないのです。会長は亡くなったのです。十分ほど前に連絡がありました。ですが、そのことを知られたくないのです」

「なぜです。事実をはっきりさせたほうが物事は簡単に解決しますよ」

「いいですか。会長の座を狙う人間が少なくとも二十人はいるのです。今、会長の死を知らせたら、会はたちまち分裂します」

二人の男は私にピタリとくっついてくる。その格好でフロアへ出る。誰か知った人が来てくれないものかと辺りの様子を窺ったが、誰一人いやしない。

「それに会長の死因を探られでもしたら」と若いほうが言いかけた。年長の男はほんの一瞬じろりと相棒を睨んだが、気を取り直して私に語りかけた。

「あなたには知ってもらってたほうがいいでしょう。会長は腹上死したのです。腹上死ですよ。このことが知れわたったら、これも会の分裂の原因になります。さて、ここまで喋ったからには、あなたに引き受けてもらう、それしか方法はありません」

「もし、断ったら」と念のために聞いてみる。

「消えてもらいます。会長を死なせた相手も消しましたよ」

もうひとつの会場はすぐ目の前にあった。入ってしまったら、ひょっとすると出てこられないような気がした。それで未練がましく後ろを振り返ったが、知っている者は誰一人いなかった。走って逃げても、何せ六十半ばの身だ。彼らにじきに捕まってしまう。

若い衆が近づいてき、「お世話をさせていただきます」と言い、私の後ろにピッタリ尾いてきた。

「死ぬ覚悟でお守りします」という声に背中を押された格好でドアを開けた。すると、中からどおっと歓声が湧き、たちまち私を包み込んでしまった。

# 灰色の朝

妖女ゴーゴン　THE GORGON
1963年、イギリス（ハマー・プロ）
監督　テレンス・フィッシャー
ピーター・カッシング、クリストファー・リー

その日も雀の鳴き声で目を覚ました。耳を澄ますと、台所で妻が朝食の仕度をしている音が聞こえる。そろそろ妻が起こしにやってくる時間だ。

と、不意に異変に気がついた。夜はすっかり明けていて、周りは色彩を取り戻しているはずだ。なのに、その色がない！

私に見えるすべての物は黒の濃淡でしかないのだ。青いはずのパジャマも灰色だし、ベージュのシーツに至ってまるで白、いや、これも薄い灰色だ。これは悪夢だと思った。

もう一度寝よう。そして再び目を覚ましたら本物の普通の朝が迎えてくれるだろう。ちゃんと色彩のある普通の朝が――と思って目を閉じた瞬間、ドアが開いて妻が姿を現わした。

「遅刻するわよ」という素っ気ない一言で、ガバッと起き上がる。妻を見やると、これまた灰色だ。彼女のお気に入りエプロンの紅いバラの花柄もみんな灰色でくすんで見える。

だが、妻に事情を告げるのは後にしようと思った。彼女は必要以上に心配性なのだ。そんなことを言おうものなら、すぐタクシーを呼んで病院へ行けとまくし立てるに違いない。

食卓に並べられた碗も味噌汁も、たくわんや梅干に至るまで灰色だ。とても食う気になれない。が、妻の手前、ぐっと我慢して噛《か》まずに呑み込んだ。歯を磨く。緑色のはずのブラシも灰色だ。磨いているうち、気分が悪くなってもどしそうになる。

何とか取り繕って服を着て外へ出る。眩《まぶ》しい。やけに眩しい。太陽などとても見上げる気になれない。陽光どころか、その反射光までもが暴れるように私の目を射る。半分目を閉じた格好で自転車をこぎ駅に向かった。

車両の中でそっと他の乗客を窺い見る。どの一人として色がない。灰色の人間ばかりだ。そう見えるのは私一人なのだろうか。これは大変な病気なのかもしれない。取り返しのつかないとんでもない病気。医者が私に向かって、かぶりを振りながら「諦《あきら》めなさい」と言う姿を思い描いて寒気が走る。

会社に着いたが、気分が滅入って仕事が手につかない。上司に体の具合がよくないのでと言って早退する。こういうときは即刻病院へ行くのがいちばんだろう。それは判っている。だが、診てもらったところで、先刻思い描いた結果になったらどうしよう。

「治るもんですか。色のない世界を受け入れるしかありません」

それですめばまだいい。

「これは失明の始まりです。やがて、何も見えなくなります」

窓ガラスが一瞬ギラリと輝いて目を射る。眩しい。と同時にずきりと頭痛がする。やっとの思いで家に辿り着き、そのままベッドにもぐり込む。これは悪い夢なのだと念じる。夢の中で変な世界に迷い込んだのだと。そう念じているうち、本当に夢を見た。

そこには色があった。濃紺のスーツを私は着ていた。妻が私の三十二歳の誕生日に贈ってくれた赤のネクタイをしていた。その格好で私はつっ立っていた。

「早く身を伏せろ！」

「頭を下げて目をつぶるんだ！」

何者かがそう警告していた。だが、身体が言うことをきかない。身を伏せることも、頭を垂れることも、目を閉じることも出来ない。そうこうするうち、得体の知れない怪物が私の目の前に立ちはだかり「わたしを見るのだ」と命じる。私はそれに逆えない。自分の意志で肉体を動かせないのだ。私にはそいつが何者であるかが判っている。かつて二番館で見た映画に出てくる怪物。妖女ゴーゴン。そいつと視線があった瞬間、石化する！

もがいていると、目が覚めた。やはり色がない。どうしたことか歯痛までした。そうだ、歯科に行こう。同じ医者仲間だ。ついでに目の件を相談してみよう。本気でそう思った。

おそるおそる〝色がない〟ことを口にする。すると、歯科医は「何考えてるんですか」と叱咤《しった》した。それから「すぐ眼科に行きなさい。歯はそのあとでいい」とも言った。私がぐずぐずしていると、「早く」と追い立てた。

「手遅れになったらどうしますか」

その一言に背を押された格好で、私は眼科病院に向かった。そして三十分も経たないうち、診察室へ通された。医師に言われるまま次々と検査を受ける。台上に顎《あご》をのせ、レンズの奥を見る。まるで処刑台に首をのせた気分だ。検査が終わると、医師はにこりともせず「角膜表層炎です。角膜の表面の火傷と思っていいです」と言った。

「たぶん、太陽の強い反射光のせいでしょう。眩しさを通り越してこうなったんですな」

それから医師は私に黒いサングラスをかけた。これは約ひと月間、寝るとき以外は絶対にはずさないこと、テレビも駄目、お好きでしょうが映画はもってのほか、通院は毎日と命じた。という訳で、医師に言われた通りの生活を続けることになった。それで本当に治るのか不安もあったが、医師を信じるしかない。

食事のとき、湯気がサングラスについて見えなくなるので、目を閉じてレンズの湿気を拭き取っていると、妻が笑う。怒ると「でも、治るんでしょ」と報《むく》いた。

そして、ひと月経った。

医師はまるで芸術品を眺めるようなまなざしで私のサングラスをはずした。褐色がかった医師の顔を見る。その背中越しに何と書いてあったか今は忘れたが、ポスターの赤い文字を見てときめいた。

自転車をこいで家路を辿ると、折りしも向かいの山に陽が落ちようとしていた。黄金色を放ちながらストンと沈むと、たちまち山の稜線は暗くなり、その上空に残照が彩った。朱色のしたたりが空を塗っている。朱色はやがて闇と溶け合うように色を喪《うしな》っていく。

思わず、じわっと涙がにじんだ。

# ある醜聞

陽のあたる場所　A PLACE IN THE SUN
1951年、アメリカ（パラマウント）
原作　セオドア・ドライサー「アメリカの悲劇」
監督　ジョージ・スティーヴンス
モンゴメリー・クリフト、エリザベス・テイラー、シェリー・ウィンタース

「お願いがあるの」と言って妻は私の手を握りしめた。

「あの人に逢ってあげて。夢に見たの。あの人、あなたに逢いたがってる」

あの人と言われて思い当たるのは、あいつしかいない。西野秀太郎。高校時代、私達と大の仲良しだった。なのに、西野は私達には何も告げずいきなり退学してしまった。やがて西野に関わる悪い噂が広がった。噂というより醜聞だ。それっきり私は西野を見放した。

妻は今、病床にある。あとひと月もつかどうか定かでない。そんな妻の頼みをむげに断るわけにはいかない。

「行ってくださるわね」と言われて、仕方なく頷《うなず》く。

「そしたら、あのとき私にはすぐに判ったと伝えて」

「あのとき?」

「リヤカーを引いていた少年。あなたは気にも留めなかった――」

それだけ言うと妻は咳にむせた。背中をさすってやると、妻は私の手を押さえ「お願い。すぐ行って」と私をせかした。

高校の頃、西野は徒歩で小一時間かけて通学していた。田舎に住んでいたが、一度も訪ねたことはない。あんなに仲が良かったのに。

西野がいなくなったあと、彼女は元気をなくしたようだったので、映画でも見に行こうと市街地へ誘ったことがある。封切館でやっている楽しい映画を見るはずだったのに、彼女は通りすがりに眺めた小さい映画館の前で立ち止まり、「これを見たい」とせがんだ。そのとき、彼女は西野との出会いを初めて口にしたのだ。

「図書委員でしょ、あたし」で始まった。彼女のいる図書室に西野は入ってき、一冊の本を差し出しこれを借りたいと言った。

「ドライザーの本。『アメリカの悲劇』映画にもなったの。それがこの映画――」

貧しい若者が富豪の令嬢に恋をする。だが、彼には同じような貧しい身の上の女がいて、しかも、妊っていた。そんな映画だった。

でも、西野の話題はそれっきり。私達は更に仲良くなり、結婚の約束までし、大学を卒業すると同時に夫婦になった。だが、妻の心に西野の面影がくすぶっていやしないか気にはなっていた。妻はそんなことはおくびにも見せなかった。そのうち、彼女も西野を見限ったのだと思うようになった。

それほどあの噂は身にこたえる代物だった。近所の娘を妊娠させてその責任をとらされたという。下劣な男だと思った。いい奴だと信じていたのに。

車で十数分、目当ての家に着いた。金色の鯱《しゃちほこ》飾りがある大きな邸と聞いていたのですぐに判った。長男の嫁という女性が出てきて、「お義父《とう》さんは具合が悪うなってもうひと月になります」と言い、奥の部屋に案内した。

西野は蒲団《ふとん》に寝たままで私を迎えた。あの頃の精悍《せいかん》な面影はどこにもない。痩せこけた頬を覆っている青黒い皮膚には点々としみが生じ、口の周りには深い皺が刻まれている。あれから五十年とはいえ、あまりに酷すぎる。

私はすぐにでも退散する気でいた。早速妻の伝言を伝える。すると、西野は皺だらけの口もとをかすかにほころばせ「リヤカーを引いていたのはわたしだ」と応じた。

「君は見もしなかった。友情なんて、そんなものだ」とも言った。

それはいつだと問うと、「昭和二十八年が熊本大水害だろ。あの翌年だ。大きな台風が来た。十二号。九月十三日。忘れもしないよ。深夜から夜明けにかけて暴れまくった」と言いながら西野は目を閉じる。

「その頃になると、日本は敗戦による貧困のどん底から這い上がっていた。ずいぶん豊かになっていたよ。田舎の県道を自動車が走る世の中になっていた。でもね。わたしの家はそうじゃなかった。引揚家族でね、しかも、父ときたら病弱で役立たずだった。父の兄がお義理で建ててくれた舎屋みたいな家に住んでいた。わたしが高校へ行けたのは育英会の奨学金のおかげだ。中学三年のときの担任が手続をしてくれたんだよ」

そこまで喋ると、西野は激しく咳込んだ。咳の仕方が妻そっくりだと思う。長男の嫁が西野の背中をさすりに来た。

「その家というのが、貧相な造りでね、壁ときたら、木材の間に竹をはめこんで、その上に泥を塗っただけなんだ。だから、その上にむしろを張って釘で打ちつけていた。そこへあの台風がやってきた。それ迄は何とか持ちこたえたのに、今度はそうはいかなかった。畳をはいで内側から当て雨風が入ってこないよう一晩中押さえていた。リヤカーを引いたのはその翌日だ。泥壁の表面を板のような物で保護しようとそれを買いに行ったのだ。製材所を廻って杉材の外っ皮のついたままの薄板を安く分けてもらってリヤカーに積んだのだ。帰る途中、君達と出くわした。わたしは麦わら帽を深くかぶり下を向いて通り過ぎた。わたしだと判るはずはないと思っていた」

そこで西野はふうっと大きく息をついだ。

「帰ったら近所の分限者が来ていて両親と話をしていた。分限者はわたしを見るなり、『うちの娘を貰うてくれんか』と言う。妊《みご》っていたんだ。もう五カ月だという。条件は、二階建てのちゃんとした家を建て、土地も七反ほどくれてやるという。両親は『目ぇつぶって貰うてやれ』とわたしに手をついて頭を下げた。一晩考えさせてくれと言いその場をしのいだ。その晩、君達の家を見に行った。ちゃんとした家だったし、明るい笑い声も聞こえた。やはり、君達とは住む世界が違うということを身に沁みて帰ったよ」

長い沈黙のあと、西野は「そうか、あの人には判っていたのか」とぼそりと呟くように言った。その〝あの人〟という響きに私はいたたまれないくらいの嫉妬を覚え、わなわなと身を震わせた。

# 夕すげ

雨月物語
1953年、大映京都
原作　上田秋成／監督　溝口健二／撮影　宮川一夫
田中絹代、京マチ子、森雅之、水戸光子

車はすでに阿蘇路を走っている。

「目的地は?」と助手席の佐久間に尋ねると、「久木野」とだけ答えて地図を広げた。チラリと横目で見、道は間違ってないと安心する。西日は傾きかけているが、外はまだ暑いだろう。

佐久間に逢ったのは久しぶりである。大学を卒業して以来かもしれない。いや、その後、幾度か顔を合わせたような気がする。

「君とはとても親しかった」と佐久間は言うが、私にはそうは思われない。二、三度一緒に映画を見に行ったことは覚えているが、特別仲が良かったという記憶はない。

「ほら、フランスの大物歌手が大洋文化ホールに来たとき、一緒に行ったじゃないか」

それも思い出せない。

「シャルル・トレネだよ。明るい紺色の上下を着ていたよ。指輪の石がキラッと光って眩《まぶ》しかった」

落日がフロントガラスに反射して眩しい。

指輪が眩しかっただと？　そういえば、そのコンサートには行ったような気がする。佐久間と一緒であったかどうかは定かではないが。ひょっとすると、そういうことを忘れてしまうほど、私の青春の日々は素っ気なく駆け足で過ぎ去ってしまったのかもしれない。

「ともあれ、君とは無二の親友だった」

そう言うかつての友人は今、私の横に坐っている。くどいが、運転しているのは私だ。紅葉《もみじ》マークこそつけていないが、次の免許更新にはもう行くまいと思っている。そんな年齢になったのだ。

チラリと小耳にはさんだ佐久間についての噂話をひょいと思い出す。確か紀子という美女の恋人がいたはずだ。お似合いのカップルだよ。そろそろ式を挙げるかもしれないよ。

「結婚はしなかった」と先を越して佐久間は話し始めた。以来、ずうっと独身だということも。道路標示板に久木野の文字が見えた頃から佐久間は雄弁になっている。

「僕は紀子と結婚するつもりだった。せっかくならロマンチックな場所でプロポーズしようと思った。それくらい僕は彼女に夢中だった。誰かが、それなら久木野がいい、夏の夕方の久木野は絶景だと言ったので、素直に従ったんだ。それと察したのか、彼女もとても機嫌が良かった。ちょうど今頃の時間に着いた。あそこは草原になっていてね、日が暮れると、草々の緑が必死になって色を喪うまいと抗《あがな》う。その間あいだに細い茎がにょきにょきと出ていて、頭部に花を咲かせていく。二つ、三つとね。淡い黄色の透明感のある花でね、見れば判るよ、今日も咲くだろうから。夕方開花して朝になるとしぼむそうだ。夕すげ――この花の名、聞いたことあるだろう」

私は首を横に振った。そんな花のことなど気にもとめない人生だった。

「紀子ははしゃいでいた。求婚するのにもってこいのタイミングと思ったよ。そのときだ。僕は紀子の肩越しに一人の女性が近づいてくるのを見たんだ。女はすたすたと僕達に近づいて来、僕を凝視した。妙に憂いのあるまなざしだった。たちまち僕の心の奥まで浸み込んできた。そして、すれ違う瞬間、わずかに唇を動かして僕の耳に囁《ささや》いた。『また逢いましょう』とね。それは神がかりな一言としか思われなかった。ふと、傍らの紀子を窺《うかが》い見た。そしたら、実に平凡な女に見えた。だから、求婚は取り止めることにした」

久木野に着く。キャンプ場の駐車場に車を停めて外へ出る。テントの傍らで五、六人の少年が私達をいぶかしげに見ているのをやり過ごして草原に出る。西日は既に山の端に落ち、淡い残光が揺らいでいた。夕すげが咲いている。小ぶりの百合のように見える。淡い黄色の花だ。

「ところが」と佐久間は語り始めた。

「昨夜、あのひとの夢を見たんだ。今日逢いに来て！　必ずよ！　そう僕の耳に囁いたんだ。だから、僕は——」

と、どこからともなく霧が出てきた。佐久間は憑《つ》かれたようにどんどん先へ進んでいく。あとを追う私ときたら、膝ががくがくして思うように進めない。いきなり佐久間が歩みを止めて霧の奥を指さした。

霧の中から人影が現われ佐久間の方に近づいてきた。女であった。顔は定かに見えない。女が佐久間に向かって手を差し伸ばすと、彼もそれに応じて手を伸ばした。

その瞬間、私の背筋を寒気が貫いた。「だめだ、行っちゃいけない」と叫ぼうとするが、声が出ない。阻止しようにも体が金縛りにあったようで思うままにならない。佐久間は女と手に手を取って霧の奥へ歩き始めている。

昔、名画座で見た映画の一場面が甦っている。美しい女の姿をした死霊が男の手を取って誘う。「雨月物語」だ。佐久間、だめだよ。こっちへ戻ってこい！

キャンプ場に少年達がいる。助けを呼ぼう。心は焦るが、声も出ない。急に胸を締めつけられてその場にしゃがむ。佐久間と女は霧の中にじわりじわりと消えていく。姿がすっと消えた瞬間、私は意識を失った。

気がつくと、私の周りに少年達がいた。

「変だと思ったよ。一人でどんどん歩いて行くんだもん」と一人が言っている。

「私には連れがいたはずだ」と言うと、彼らは揃ってけげんな表情をした。

「おじさんは一人だったよ」

私は携帯電話で妻に連絡を取る。佐久間と一緒にここへ来たと言うと、妻の声がけわしくなった。

「佐久間って、佐久間健一という人？」

そうだと答えると、妻は息を呑んだ。

「たった今、病院から連絡があったのよ。その佐久間って人が息を引き取ったって。いまわの際《きわ》に、あなたの名を告げ、必ず知らせてくれと――」

霧はすっかり晴れていたが、闇が迫っていた。そのわずかな薄明かりの中に、夕すげが一面に咲いているのが見えた。

# 青い月

裸足の伯爵夫人　THE BAREFOOT CONTESSA
1954年、アメリカ（UA－フィガロ・プロ）
脚本・監督　ジョセフ・L・マンキーウィッツ撮影　ジャック・カーディフ
エヴァ・ガードナー、ハンフリー・ボガート、エドモンド・オブライエン

克子さんが私の疎開先であるH村にやってきたのは、一九五一年、梅雨のおわり頃だった。村といっても八百人くらいの小さな村であったから、普通でないことが起きれば、その日のうちに噂は広がった。克子さんは村に一軒だけある〝庄屋〟と呼ばれる大きな屋敷の外孫ということだった。それが何らかの事情でこの辺鄙《へんぴ》な田舎に四カ月ほど逗留するらしかった。

噂は大仰なものだった。ハイヤーでやって来たの、進駐軍のジープで来たのとか、まことしやかに流言された。当時唯一の交通手段であった馬車でなかったのは確かだ。そのうち、あれは男どもをたぶらかす魔性の女だという話まで耳に入ってきた。

当時、私は十三歳だった。克子さんの噂はすごく艶めいて心をそそられたが、どの道、縁のない世界の人だと思っていた。その克子さんがひょいと私の世界に滑り込んでくる事件が起こった。夕方になってもまだうだるように暑い黄昏《たそがれ》どきだった。

家の用事をすまし私は一人で家路を急いでいた。その往還の真ん中で白っぽいワンピース姿の若い女性が三人の若い衆にからまれていた。女は克子さんだとじきに判った。だって、村にあんなにきれいな人は一人もいなかった。男達は評判の悪い三人兄弟で、各々に重そうな雁爪《がんづめ》を担いでいた。田の草刈りと土耕しを兼ねたこの金属製の農具はみるからに重そうだ。彼らはその農作業から戻る途中だった。兄弟は卑猥《ひわい》なことばを連発し、克子さんを挑発しようとしていた。それを憤りの眼《まなこ》で報いている克子さんは眩《まぶ》しかった。その脇を私はそっと通り抜けようとした。出来るなら巻き込まれたくないと思った。母から常々あの兄弟には近づくなと言い聞かされていた。

そのときだ。克子さんは「あたしの相手は自分で決める」と言い放ち、通り過ぎようとしている私の手をぐっと摑んだ。

「あんたらより、この子がよか」

そう言ったかと思うと、私の手を取って走り始めた。往還を下って田の畦道《あぜみち》を駈けた。畦道は狭く一人がやっとだったから、手を放して克子さんは先を走った。仕方なく私も尾《つ》いて走った。パーマネントをかけた克子さんの髪が風になびくのを見とれながら駈けた。

兄弟は追ってこなかった。よほど疲れていたのだろう。やがて、克子さんはゆっくり歩き始め、何やら歌い始めた。知っている曲だった。〝故郷の空〟——だが、克子さんはなんと英語の歌詞で歌っていたのだ。

克子さんに関して鮮烈に覚えていることがもう一つある。

夏休みも終わりに近づいた頃、赤とんぼが群れて飛ぶ中を庄屋の使いの者がやってきた。克子さんが明朝街に戻ることになったので、今夜その別れの宴に来ないかということだった。まとわりつくように群れる小さな赤とんぼを手で払いながら話を聞き、さっそく母に許可をもらった。

その夜、庄屋で体験したことはどの一つ取っても夢のようなものだった。唐芋団子《だご》しか食ったことがないのに、おはぎや寿司や卵入りの吸い物などをたらふく食べたあと、縁側で月見までした。

腰の曲がった婆っさまは誰よりも克子さんを可愛がっている様子で、私がその克子さんの友達というので、縁側に座布団まで持ってきてくれた。婆っさまが克子さんに「どうしても戻るとかい。もっと居《お》られんとかい」と耳打ちしているのを聞くと、それは即、私と同じ思いだと実感したりした。

月は少し欠けていたが、煌々《こうこう》と輝いていた。しばらくの間、克子さんと並んで無言で月を眺めた。そのうち、克子さんがまた鼻歌を歌っているのを耳にした。やはり、英語の歌詞だった。何だかけだるい感じの歌だった。

と、だしぬけに「あの月、青いように見えない?」と克子さんが訊《き》いた。青い月などという発想が私には通じず、きょとんとして克子さんを見つめた。

「この歌、〝ブルームーン〟っていうの。お月さまが青く見える、そのくらいわたしは憂愁な日々を送っている。判らないよねえ、君には。そんな大人の世界のこと」

僕には判る。判る気がします——私はそう切り返したように思う。克子さんのことは少しでもよけいに理解したかった。

「わたしは恋をしていたの。相手の名はフレッド。アメリカ兵。ネブラスカ州オマハの出身。相思相愛だった。隣の国で戦争があってるの、知ってるわね。フレッドに出撃命令が出た。ことしの三月、激しい戦さがあってね。フレッドは戦死した。知らせを聞いてわたしは生きる気力をなくしたの。見るに見かねた父が自分の里に連れてきた。でも、もう帰らなくちゃ。これ以上甘えてられない」

そう言ったかと思うと、克子さんはさっと立ち上がり「踊ろう」と私を誘った。私は首を横に振った。どうしていいか判らなかった。克子さんは素足のままで庭に立ち、月光と戯れるように踊った。艶《なまめ》かしかった。

四年ほど経って私は「裸足の伯爵夫人」という映画に出会った。女主人公を演じる女優がどことなく克子さんを思わせた。しかも、この女主人公は裸足で踊ったのだ！

その克子さんがあの婆っさまの三十三回忌に庄屋に来ているという知らせを受けて逢いに行った。化粧は濃くなっていたが、克子さんはちっとも変わってないように見えた。

話が賑わい、やがて夜になった。月が出てきた。ラグビーのボールみたいないびつな月だった。克子さんは「踊ろう」と私を誘った。そして、素足のまま庭に下りた。その瞬間私の脳裏に妻の姿がちらりとかすめた。が、私はためらわずに靴下のままで庭に下りた。

月は金色に輝いている。

その光に促されるように私は克子さんの腰にそっと手を当てた。

# 市長の息子

夏の嵐　SENSO
1954年、イタリア（ルックス・フィルム）
監督　ルキノ・ヴィスコンティ
アリダ・ヴァリ、ファーリー・グレンジャー

樫山猪一郎。

格式ばったこの名を持つ男と懇意になったのは、共に十九歳のときだった。偶然同じ映画を見たのがきっかけだった。客席が九百もある劇場だったが、私達はすぐ近くに席をとっていた。挨拶する程度の顔見知りだったが、画面が放つ迫力に圧倒された二人は顔を見合わせ頷《うなず》き合い、それからというものの急速に親密になっていった。

映画の題は「夏の嵐」。それまで聞いたこともないイタリア人の監督の作品で、一言で言えば豪奢《ごうしゃ》な映像で全編が埋めつくされていた。中年にさしかかった伯爵夫人が敵国のオーストリア軍の若い士官に恋をする。女は地位も誇りもかなぐり捨てて男との恋を全《まっと》うしようとする。女主人公を演じる女優の名演技もあって凄《すさ》まじいものになっていた。

「恋をするってそれなりの覚悟がいるんだね。怖いなあ」と私が言うと、樫山は「女は恋のためならどう

いうことでもやりかねないもんだ」と悟ったようにことばを返した。その言い方が妙に気になった。大げさだが歪《ゆが》んだものを感じたからである。もし、その歪みが本当なら、それはどこから来ているのだろうと気をそそられた。

私達は同じ大学の、学部は違うが同級生だった。受講する課目も同じものが多かったから、逢おうと思えばわけなく逢えた。そのうち樫山はリルケが好きな文学青年だと判った。それから、あろうことか、彼の父親が県南のとある市の現職市長だということも話してくれた。

「うちは代々市長が世襲なんだ。だけど、僕は厭《いや》だよ。政治の世界などごめんだ」とも言った。

猪一郎などというごたいそうな名は、上に立つ者にふさわしいということで付けられたという。その名も彼は嫌っていた。

そんなある日、私は樫山に誘われて生まれて初めて夜の歓楽街を歩くことになった。ネオンがぎらつく通りには多くの客引きがいて、うるさく私達に声をかけてきた、私達は彼らに振り向きもせずひたすら奥へ向かった。歓楽街のはずれに来ると、その先は薄暗く奈落のようなものを思わせた。街灯の下には女が二人立って私達を値ぶみしていた。その前をさっさと通り過ぎ、更に奥まった通りに出た。

その辺で樫山はここへやってきた理由をぽつりぽつりと喋《しゃべ》り始めた。

僕には三つ年上の姉がいる。逸子姉ちゃんだ。恋をしてね。その相手というのが父の目鏡に叶わない男で当然許してもらえない。そこで駆け落ちしたんだ。でも、すぐに捕まった。折檻《せっかん》されたあと、男は手切れ金を貰って県外へ逃げた。姉ちゃんはあとを追ったが、男は相手にしてくれなかった。その程度の男だったんだ。なのに、姉ちゃんは戻ってこなかった。もう半年になる。

ところが、そこへ悪い噂がとびこんできた。君も見たろ。薄暗がりに立っていた女達を。身体を売る私娼だよ。辻姫などと蔑《さげす》まされている。その一人が逸子姉ちゃんにそっくりだったというんだ。信じたくないが、今はそれが本当かどうか確かめたい。

そう言うと、樫山はどんどん先に立って歩き始めた。辻々に二、三人の女が立っていた。「三百円でよかよ」と誘いかける女もいた。百二十円が映画のロードショーの料金の頃だ。そんな彼女らに目もくれず先に進んだ。

突如、樫山の足が停まった。もしやと思い「姉ちゃんか」と訊《き》くと、樫山は強くかぶりを振り「似てると思ったが、違うとった」ときっぱりと言い放った。

「噂にすぎん。そのはずがない。帰ろう」

それ以来、私達は疎遠になったように思う。所詮《しょせん》、学部も違ったし、疎遠になるのはごく普通のことだった。二十歳過ぎて一緒に飲みに行った記憶もない。

それから二十年ほど経ったある晩、仕事仲間に誘われて屋台に飲みに行ったときのことである。私と同年配と思われる仲のよい夫婦がやっている店だった。おでんをつついている私に、いきなりかみさんが話しかけてきた。というより、私の名を呼んだのである。

「あたし、逸子です。旧姓は樫山――」

あの猪一郎の姉と名乗ったのだ。

「弟とは今でも仲がいいですか」

訊かれて私は「いや」とだけ答えた。このところ、彼の話はとんと耳に入ってこないのだ。仲がいいどころではない。相手はそれには構わず、懐しそうに目を細めて弟のことを話題にした。

「優しくて思いやりのある弟でした。政界を嫌っていて、つまりは父の支配するものから逃げたかったのね。それが今は有名代議士の秘書をしている。これも父の策略。弟は政略結婚の罠にはまったのよ。結婚は男を変える。生き方まで変える。いい方へも悪い方へも。でも今の弟はどうかしら」

なぜか、酒が苦くなってきた。仲間と誘い合って店を出ようとすると、逸子が近づいてきて「あの晩、あたし、辻に立ってるとこを弟に見つかったの。それっきり弟に見放されてしまった」と囁《ささや》いた。

それから更に二十年近く経つ。私は既に年金生活者となったが、樫山は代議士となって活躍中だ。その樫山から一通の招待状が届いた。地元で講演をすることになった。会のあと君とじっくり語り合いたいと直筆で書き添えられていた。

迷ったが、行くことにした。会場には黒い上下に白タイの紳士がほとんどだった。私はその中にひっそりと身を沈めた。

樫山猪一郎は実に堂々としていた。全くひるむところがなく滔々《とうとう》と正論を喋った。自信たっぷりでそのことばの一つ一つに活力がみなぎっている。だが、そこに私の知る樫山猪一郎はいなかった。いたたまれない思いで席を立ち、私はそそくさと会場をあとにした。

# 寝台特急

終着駅　STAZIONE TERMINI　アメリカ公開の題　INDISCRETION OF AN AMERICAN WIFE
日本公開時の題　TERMINAL STATION
1953年、イタリア（チタヌス）・アメリカ（セルズニック）
原作脚色　チェザーレ・ザヴァッティーニ
監督　ヴィットリオ・デ・シーカ
モンゴメリー・クリフト、ジェニファー・ジョーンズ、リチャード・ベイマー

あれは一九六二年の春。私は二十代前半で地元のちょっとした会社に勤めていた。熊本と東京を結ぶ寝台特急「みずほ」が運行開始して半年ほど経った頃のことである。

私は東京へ帰る叔父の忘れ物を届けに駅へ駈けつけたのだ。叔父は駅の待合室で待っているということだった。狭苦しい待合室には三十人くらいの人々が改札の呼出しを待っていた。出発は十六時二十三分。私が駆け込んだのはその二十分くらい前だったと思う。

入った途端、私は一人の女の視線をまともに浴びてしまった。二十歳くらいのきれいなひとだった。彼女と隣合わせに坐っている若い男も私を睨《にら》みつけた。男の方は女よりずっと年下に見えた。だが、彼等の視線を浴びたのはほんの一瞬で、互いに気まずい思いをする前に二人はうつむき、私は叔父を捜した。

叔父は彼等から二メートルほど離れたところにぽつんと坐っていた。先に叔父が私を見つけ「おい」と呼んだ。私は忘れ物を渡してすぐに帰るつもりでいた。すると叔父は私を引きとめ「改札するまで一緒にいて

くれよ」と言った。私は仕方なく同意した。このところ叔父の事業がうまくいっていないことを悟っていた。今度の帰熊の本当の目的が親戚からの借金であることも知っていた。それもなかなかすんなりといかず、母が何とか十万円ほど工面して渡したらしい。そういう訳で、私なりの憐れみもあって叔父の頼みをむげに断れなかったというのが本音であった。

「今は十八時間半もあれば東京に着くけど、俺が初めて東京へ行ったときは一昼夜かかったような気がする。それ以上かかったかな。夜行列車でさ、ガタゴト揺られていつまでもいつまでも夜の闇と睨めっこしてさ」

私は叔父の話を聞き流していた。待合室の人々を観察していたのだ。さし向かいの席に坐っている七十すぎと思われる女性は娘との別れをしきりに惜しんでいた。改札の呼出しが聞こえたら、たちまち泣き崩れるのではとさえ思われた。二メートル先のあの二人連れを見やると、彼等は黙りこくったまま下を向いていた。だが、手だけはしっかり握り合っている。あれは姉弟なんかじゃない。れっきとした恋人同士だ。

と、そのとき入口の方から明るい声がした。三人連れの若い男達だ。彼等はすたすたとあの二人連れの方へ歩いてきた。あの二人連れときたら、うろたえて手を放し、明らかに狼狽《ろうばい》のまなざしで彼等を迎えていた。女はさっと立ち上がりそのまま待合室を出て行く。その後ろ姿を男はすがるように見つめた。その空いた席に一人がどかりと坐り込んだ。どうやら男の友人達らしい。

「何も東京の予備校へ行かなくてもいいじゃないか」

「東京へ行けと命令したのはおまえの親爺《おやじ》か。東京の大学に受かるにはそれしかないと」

「あっちへ行ったら、おじさんちに厄介になるって言ってたな。ということは、いっさいの自由はなしということか」

そこで当人は重々しく頷いた。

「好きなひと、いるのか」と叔父がいきなり私を自分の話に引き込んだ。

「いないよ」と私は素っ気ない返事をした。話題を自分のことに持っていきたくない。それより叔父自身はどうなんだ。気立てのよい嫁さんを貰ったと母から聞いていた。

「別れることになるかもしれない」

叔父はぼそりとした声でそう言った。ますますふさぎこんでいる。この分だとホームまで来てくれと言い出しかねない。もし、言われたら断れないな。

「俺、遠くへ行くのを見送られたことがないんだ。どうだい、今日、俺を乗せた列車が遠去かるのをホームで見送ってくれないか」

ほら来たと思った。こんなにしんみり言われたら断れないじゃないか。「判った」と言いながら立ち上がった。そして、トイレに行ってくると言って待合室を出た。

用を足した帰りがけに、柱のかげであの二人連れがひそひそ話をしているのを見た。

「あたしのせいよ。あたしがあなたの生活を引っかき回したから受験に失敗したんだわ」

「僕の力が足りなかっただけだよ」

そのとき、待合室の方から叔父が私を呼ぶのが聞こえた。しきりに手招きをしている。なるほど、スピーカーで改札の案内をしている。あの二人も柱のかげから出てきた。

ふと、高校生のとき見た映画「終着駅」を思い浮かべた。あれはローマの中央駅。別れを惜しむ恋人達の情感がたゆたっていた。

叔父と二人揃ってホームへ出た。列車は到着していた。叔父の席はホーム側の窓際だった。叔父はホームに立つ私を見てにっこり笑って手を振った。まるで「一度やって見たかったんだ」と言ってるみたいだ。

そのとき、例の若者が叔父の隣に坐るのを見た。女は私の隣に立っている。私は叔父に身振り手振りで「席替わってやりなよ」と伝えた。何とか通じたらしい。彼等はガラス窓越しに互いを見つめ合っている。彫刻のように動かない。と、ピィーッという発車を知らせる笛の音が響いた。

女は「ヒロさん」とだけ呟いた。ガタンと音を立てて車輪が動く。寝台特急「みずほ」はゆるやかに出発し、少しずつ速度を増しながらホームを離れた。女はいつまでも見送っていた。そのちょっと先であの七十すぎの女も立ちすくんでいた。

今では東京へ行くのに、ほとんどの人が飛行機を利用する。一時間半くらいしかかからない。叔父の葬式に行くのに私は搭乗しているのだが、斜め前の女性客が気になって仕方がない。実はあの女の面影がある。私ときたら、あのあと二人はどうなったか聞いてみたいと野暮なことを考えている。

# 蝶と戯れて

散り行く花　BROKEN BLOSSOMS
１９１９年、アメリカ（グリフィス社）サイレント
監督　デヴィッド・W・グリフィス／撮影G・W・″ビリー″ビッツァー
リリアン・ギッシュ、リチャード・バーセルメス、ドナルド・クリスプ

教職を定年退職してやがて八年になる。

最初の赴任地は県南の、周囲を田圃に囲まれた公立中学校だった。その田園の東側のはずれにある一戸建ての商家に私は下宿していた。初めの頃のことは無我夢中だったから、あまり記憶に残っていない。唯、校庭の桜が春休みの間に満開になり、やがて散り始めると、辺り一面が花びらで埋れてしまう。その情景は鮮やかに覚えている。

何より鮮烈なのは、ある日の昼下り、その散りゆく花びらと戯れながら、まるで踊るようにはしゃいでいた一人の男の子の様子である。たぶん小学生なのであろう。初めて見る子であった。私が傍にいるのも気にせず、彼は踊りを止めようとしなかった。そのうち、くっくっと笑い声を響かせて乱舞する花びらに隠れて姿を消してしまった。

下宿のおばさんに尋ねると、たぶん川沿いの集落に住む子ですよと答えた。そして、桜の季節が過ぎると、

あの子のことはすうっと記憶から遠のいていた。

ところで、田圃と一口に言っても単色ではない。晩春の頃になるとひときわ色めいてくる。多勢は緑色の麦なのだが、その頃になると、麦は紺色を混ぜたような深緑を呈してくる。その只中《ただなか》に点在する菜の花畑は明るい黄色一色になる。その脇にある稲の苗床用の小田では濃いピンクと白の模様で彩られた蓮華《れんげ》の花が一面に咲きほのかな甘い香りが漂った。

その蓮華を絨毯《じゆうたん》がわりにしてあの子が寝そべっていた。私が近づくと、例のくっくっという笑い声を立て「あ、気持ちのよか!」と叫んでみせた。このときも素通りした。普通でないものをとっさに感じ、そのようなものには関わりたくないと思った。

あくる日、またしてもあの子を見かけてしまった。彼は菜の花畑で蝶を追いかけていた。いや、蝶と一緒になって跳ねていた。自分も蝶になったと思い込んでいるのであろうか、両の腕を広げふわりふわりと上下に動かして蝶と共に駈けている。蝶もそれを面白がっているように彼のごく真近を飛んでいる。あの子は本気で蝶の仲間になっていた。

下宿のおばさんにその話をすると、彼女も近所で仕入れたあの子の噂を身振りを混ぜて話してくれた。「キヨシという名だそうよ。やはり川沿いの集落の子だった。おばあさん以外は誰一人として相手にしてくれんそうよ。両親揃ってるのに、兄ちゃんまでいるというのに、全然かまってくれんらしい」

そう言ったあとで、その先を口にすべきか迷っている。「何ですか、言ってくださいよ」とせがむと、「よく撲《なぐ》られてるという話よ」と告げておばさんは中座した。

撲られるって⁉ 誰にだ。まさか肉親ではあるまい。近所の悪童達からだろう。

菜の花の時期が終わり、蓮華畑は耕されて苗床になり、麦の穂も色づき薄いカーキ色一色に染まった。その間、あの子は私の前に姿を現わさなかった。

梅雨明けのカッと照りつける日ざしの下、私は川沿いの集落を訪れた。受持ちの生徒が三日も続けて休んだので、心配になって伺《うかが》ってみたのである。夏風邪でそれも治りかけているというので安心して帰路に着いた。その途上であの子を見かけたのだ。それも遊泳禁止の川で一人で泳いでいた。

「だめだよ。ここで泳いだりしては」と大声で注意すると、彼はいつものようにくっくっと笑いながら水から上がってきた。パンツ一つしか身に付けていなかった。だからこそ見えたのだ。大腿部の青黒いあざと右の二の腕のこれも青黒いあざとを。まぎれもなく撲られた跡だと思った。

学生の頃、無声映画の鑑賞会というのがあって、そのとき見た「散り行く花」という映画を思い浮かべた。あれは残忍な父親が少女を容赦なく撲りつけた。撲って撲って――。

「中学校の先生だよね」

「そうだよ」と私は自分でも驚くくらいの優しい声音で応じた。

「来年は僕も中学生になる。そのとき、受け持ってくれる?」

正直言って返事に窮した。新任校は三年間の勤務ということになっている。とすれば、おそらく次年度は転勤だろう。

「まだあの学校におれたらね」と曖昧《あいまい》な返事でその場を取り繕うとした。

「僕はスポーツも勉強もダメ。だけど、先生が好き」

そう言われると、太っ腹にならざるを得ない。それでつい「留任したら、必ず君を受け持つよ」と言ってしまった。

だが、やはり転勤になった。それもバスで小一時間、そこから歩いて二時間四十分。すり鉢の底に建てられたような学校だった。四月の中旬になっても山肌には雪が残っていた。六月になってやっと梅と桜が一緒に咲いた。坂道のせいで生徒達の登校と下校にかかる時間が極端に違っていた。私はそれを一人ひとりに聞きながらメモを取った。

秋になって教育事務所からの学校訪問の日がやってきた。ここらの地区では、お偉方の視察はきれいな紅葉の頃と決まっている。指導主事の先生から私は手厳しい叱責を受けた。生徒の家と学校の間の距離を記す欄に往復の時間を書き添えていたからだ。上りと下りではかかる時間が違いますと弁明したが、主事は「勝手なことはするな。ここは距離を書く欄だ」と譲らない。仕方なく私は時間を示す数字を消していった。ねじ伏せられていくのが判った。

鬱々《うつうつ》とした日々が続いた。そこへあの下宿のおばさんから電話が入った。つい懐かしさのあまり受話器を握りしめると、彼女はキヨシの死を告げた。相当撲られたって話よとも。

涙が溢れ出し、やがて声を立てて泣いた。驚いて同僚が駆けつけ訳を訊いたが、声にはならなかった。嗚《お》咽《えつ》は長い間続いた。

# 柿右衛門の壺

ロベレ将軍　IL GENERALE DELLA ROVERE
1959年、イタリア（ゼブラ・フィルム）
監督　ロベルト・ロッセリーニ
ヴィットリオ・デ・シーカ、ハンネス・メッセマー、サンドラ・ミーロ
ヴェネツィア国際映画祭サンマルコ金獅子賞

それは「ごめんください」という凛《りん》とした一声で始まった。玄関先に立っていたのは、二十歳くらいの若者だった。坊主頭に軍服がよく似合い、肩から雑嚢《ざつのう》をかけていた。

「自分は細野太一郎と言います。今日は思いっきり贅沢《ぜいたく》をしに参りました」

立会った私の母の顔がさっと変わった。

「まさか、あなたは」と声が詰まった。

「はい。トッコーです。明朝、鹿児島の基地に向かいます」

父までもが玄関に出てきた。

「さ、おあがりください」

昭和二十年五月なかばのことである。

その頃の私の家は熊本市内では五本の指に入るくらいの名の知れた料亭であった。まだ国民学校の三年生

だった私は父の傍らに立って若者にぎこちない挨拶《あいさつ》をした。させられたと言ったほうが当たっている。だが、細野さんは実に感じのいい人だった。

昼間だったから、幾つかの小部屋は空いていた。その中でとびっきり上等の部屋に細野は通された。江戸中期の有名な書家の筆による掛軸と床の間を背にして彼は礼儀正しく坐った。背筋をぐっと伸ばしている。みじんとして崩れたところがない坐り様だった。母が襖《ふすま》の陰から私に「ほら見てごらん。ああいうふうにせんといかんとよ」と耳打ちした。

「掛軸もよう似合うとらす」とも言った。

私は軸より床の間に置かれた小さい壺のほうがふさわしいと思った。それは父が家宝みたいに大事にし、上客にだけ見せて自慢している柿右衛門の壺と呼ばれる代物《しろもの》だった。おかしいことに私はこの壺の細部をほとんど覚えていない。父がとても大切にしていたことだけを鮮明に覚えている。

次々と料理が運ばれてきた。どの品も賄いの謙さんが腕によりを振るってこしらえたものだった。それより私は特攻隊の話を少しでも聞きたいと願った。飛行機に乗って敵の軍艦に体当たりして命を散らす。今、細野さんはどういう思いなのだろう。

私より先に母が口を切った。

「郷里はどこです」

「島根県です。津和野の近く、日原という所です」と彼は淀みなく答えた。

「津和野は行ったことがあります。とってもきれいなとこ」と母は目を細めて応じた。

「日原もいい所です。母と妹が住んでいます。父と兄は戦死しました」

母の目に涙がにじんだ。沈みがちな場を細野が冗談を言い和ませてくれた。ついでに私を膝の上に乗せてくれた。それだけではない。彼は私の耳に唇を寄せ「命はたった一つ。粗末にするなよ」と囁《ささや》いた。死にゆく者だけが会得した述懐に思えて、そのことばは幼い私の胸にすとんと落ちた。

「さ、お昼寝をさせてあげましょう」

母はそう言って私を部屋から連れ出した。もっと居たかったが、母の気配りがよく判ったから素直に従った。

部屋を出ると、父が母を呼んで相談事をし始めた。細野から一銭たりと貰ってはならん。そんなこと承知しています。隊までの車代をうちで面倒見ようということで落着した。

細野は四時半頃になって部屋を出てきた。両親と一緒に私も玄関先まで見送った。細野は最後まできりっとしていた。敬礼をしてハイヤーに乗り込むと、また深々とお辞儀をした。「体に気ィーつけて――」と言いかけて母ははっとして口に手を押し当てた。死地に向かう若者に対して何と不謹慎なと思ったのであろう。ともあれ、細野さんが乗ったハイヤーがだんだん小さく見え、やがて道の曲がりに消えてしまうまで見送った。

ことが発覚するまでものの十分とかからなかったように思う。細野がいた部屋から出てきた父が玄関先でへなへなと崩れるようにしゃがみ込んだ。驚いた母が訳を尋ねると、「壺がない！」と叫んだ。ハイヤーの運転手に問い合わせると、「隊までは行きませんでした。味噌天神辺りで下車されました」と言う。後日の寄合で判ったことだが、ライバルであった料亭でも同じような目に遭ったそうだ。武蔵直筆の掛軸がなくなっていた。このご時勢に――と大人達はいきり立った。

だが、七月一日未明の大空襲で私の家も灰燼《かいじん》に帰した。掛軸どころではない。やっとこさ命が助かったのだ。細野さんが持って行かなかったら、あの壺だってどうなったか知れやしない。

戦後の復興には五年かかった。やっと軌道に乗ったところで父が亡くなり、十年後には母もあとを追った。その頃だったと思うが、ペテン師を描いたイタリア映画を見たことがある。「ロベレ将軍」だ。身をもちくずした詐欺師が死を賭して最後の嘘を貫くという話だった。主人公を演じる俳優は決して若くはなかったが、どことなく細野太一郎を思わせるものがあった。いや、その名前だって偽名だろう。そうに決まっている。

一時は私が経営した店も息子に譲り隠居生活をするようになった。そんなある日、妙な小荷物が届いた。大仰な梱包で受取人には私の名が明記されている。送り主は字がにじんでほとんど読めない。袋を開けると、木箱と一緒に手紙が出てきた。それにはなんと〝細野太一郎〟の名が記されていた。

まずは壺をお返しします——とあった。

これはちょっと失敬したもの。他の品は売却したが、なぜかこれだけは手放せなかった。妙なことに売る気にならなかったのです。ところで、ここ半年ほど毎晩夢に見るのです。壺の霊が自分に喋るのです。持主に返せ、必ず返せと。半年もですよ。負けました。よって返却いたします。悪《あ》しからず。

怒る気にはなれない。もはや忘れかけていたことだ。だが、よく考えると、どんな壺だったか覚えていない。壺が入っている木箱をじっと見、意を決して箱を結わえてある紐《ひも》をほどきにかかった。なぜかドキドキしてきた。

# 去りし君ゆえ

スタァ誕生　A STAR IS BORN
1954年、アメリカ（WB）
監督　ジョージ・キューカー
ジュディ・ガーランド、ジェイムズ・メイスン

まっ青な空だった。

緊急な用事が出来て、葬式に間に合わず、駈け足さながら焼場《やきば》に着いた。入る前に空を仰いだ。雲ひとつない秋晴れだった。

中に入ると、係員が私を見て「あと二十分です」と言った。私はそれには応じず、縁者がいるはずの待合室はどこかと尋ねた。ドアを開けると、連中は揃って私を見た。咎めるふうではない。私は遅れた理由を述べ、素直に詫びて彼らの脇に坐り込んだ。

連中は小声でとりとめのない世間話をし始めた。葬われている従兄の則男の話はさりげなくあしらわれ、ことしの稲の収穫の日程だの、蓮根がどうのという話が多かった。そんな中で則男の弟嫁の悦子が私に近づき「やっぱり来《こ》んだった」と囁いた。誰のことを言っているのかすぐに判ったが、私は無関心を装った。そんなことより、則男自身のことを偲びたかった。

則男は農家の跡取《あとと》りのはずだった。彼の行先を変えたのは敗戦舞踊だった。あの頃、農家の青年団は秋の収穫期の前に今でいう文化祭みたいなものを公民館で催していた。その催し物の華《はな》が舞踊だった。誰が言ったか、敗戦舞踊と呼ばれていた。則男は確か十五か六だった。裏方の仕事を手伝っていた。ところが、あろうことか蓄音器が故障し、修理が初めの二十分ほど間に合わなかった。その二十分のその場しのぎを則男に任された。つまりレコードの代わりに則男が生《なま》で歌ったわけだ。

〝旅笠道中〟〝勘太郎月夜唄〟と続くうち、則男はのりに乗って歌いまくった。踊りより歌に拍手が集中した。そのあげく、有力者が則男の後援を申し入れてきた。父親は反対だったが、次男が農業を継ぐことで落着した。

三年後には地区ののど自慢大会で優勝、県大会で準優勝。則男はますます歌にはまった。全国大会で三位になったのは五年目だった。

有力者が倉を改造したスタジオでのど自慢教室を聞き、則男はその有力者の一人娘と結婚し婿養子になった。教室は繁盛した。

マサミが教室の門を叩いたのは、則男が三十のときだった。則男は一小節聞いてこの子の才能を見抜いた。マサミはまだ十三歳だった。則男は腕をふるってマサミに磨きをかける。マサミもそれに応《こた》え、十八のとき全国大会で優勝。とあるレコード会社が目をつけ、シングルレコードを出すことになった。則男は教室はおろか村中にレコードを売り歩いた。

そのときの決まり文句がこうだった。

「この子は大歌手になります。絶対に損はしまっせん！」

マサミは東京の舞台でも歌い、たちまち人気者となった。テレビにも出た。そういうときは必ずといっていいほど則男はマサミに付き添った。袖から見守る則男の顔はさぞかし至福の喜びに輝いていたことだろう。

それがあるとき、マネージャーと称する男に、そのような行動はマサミの将来をダメにすると言われ、泣く泣く郷里に戻った。初めのうちはマサミもどこそこの局のテレビに出ますと連絡をよこした。則男はかじりつくように画面に見入った。その連絡がぷつんと切れた。その後、魂が抜けたような日々を送ったらしい。だが、気を取り直し歌ってみると、哀切きわまりない調子が出せるようになっていた。再びのど自慢で優勝した。とはいえ、好調子は長く続かなかった。声におとろえが目立つようになっていた。

「もう、おしまいたい」

そう言って則男は弱々しく笑った。なのに、歌い続けた。人気者になってマサミと一緒の舞台で歌うのが夢だといわんばかりに声を張り上げて歌った。

やがて、世はカラオケブームになり、則男のスタジオも〝カラオケ教室〟と変わった。これもけっこう繁盛した。則男の指導は的を射ていて、遠くの地まで評判だった。

声を喪《うしな》ったのは則男が五十六のときである。悪性の疾患で、手術後は器具を使わなければ喋ることが出来なくなった。私が元気づけに行くと、メカニックな声音で「マサミに逢いたか」と告げた。私が無責任に「じゃ、行けば」と言うと、則男は本当に上京した。果たして逢えたのかどうか判らない。東京から帰ってくるなり、引きこもって誰にも逢おうとしなくなった。

私は若い頃に見た「スタァ誕生」という映画のことを思い出した。落ち目の男優が若いジャズシンガーを女優として育て上げる。彼女は文字通りスタァになったが、男優の方は更に落ちぶれていく。則男のことを思うたび、あの映画の男優を重ねてしまい辛《つら》くなった。

その則男が亡くなり、今、焼かれている。

「とうとう、マサミさん、来《こ》んだったね」

悦子が再び囁いた。ああとだけ答えて、窓の外へ目をやった。彼岸花が今を盛りと咲いている。いや、彼岸花などと言うのはこの場にそぐわない。もっとふさわしい名がある。

「赤い花なら曼珠沙華《まんじゆしやげ》……」(「長崎物語」作詞梅木三郎)

則男のこぶしの効いた歌いっぷりを思い出した。その曼珠沙華が爛漫《らんまん》と咲いている。

「あたし、見たとよ」と悦子は続けた。

「マサミさんの等身大の看板――則男さんがレコード店から貰うてきなさったとを、則男さんが入院しなさった晩に竜子さんが燃やしなさったと」

竜子というのは則男の未亡人である。よき妻、よき理解者と思い込んでいたのに。

「一緒に手紙の束のような物も焼きなさった。あれはマサミさんからのラヴレターとあたしは思うとる」

曼珠沙華が風に揺れている。音はないが、あたかも歌っているようだ。

「則男さんが亡くなったつも、きっとマサミさんには知らせなはらんだったとよ」

窓の外の赤い花は陽光を浴びてつやつやと映え、それはまさに私達をも焼き尽くす劫火《ごうか》のように見えた。

# 落款

モンパルナスの灯　MONTPARNASSE 19
1958年、フランス（フランコ・ロンドン）フランス公開時の題はLES AMANTS DE MONTPARNASSE
脚本・監督　ジャック・ベッケル
ジェラール・フィリップ、アヌーク・エーメ、リリー・パルマー、リノ・ヴァンチュラ

朝、新聞を読んでいると、いきなり妻が一枚の紙片を突き出した。

「別れて下さい」

あっけに取られて紙片をよく見ると、〝離婚届〟の文字が目にとび込んできた。妻の欄には既に判子《はんこ》が押してある。

「好きな人ができました」

参った。二の句が告げられない。しばらくして「どこまで行った」と愚にもつかないことばが口をついて出てきた。

「関係を持ちました」

妻は平然としてそう言った。私は新聞をたたみながら、考えを整理しようと努めた。

「相手は誰だ」

「あなたのご存知ないかたです」

妻は毅然としてそう言う。

「あなたなど手の届かないかたです」

そう前置きして、K画伯だと告げた。美術など縁遠い私でも、その名は知っている。そうだ、先日、社長宅を訪ねたとき、応接間に残光を浴びた山の尾根を描いた絵が飾ってあった。額もみるからに高そうだった。

「いい絵ですね」と賞めると、「K画伯のだよ。今、日本でいちばんの注目株だ。絵だけで二千五百万円払った」と自慢した。そのK画伯と妻がどこでどう繫《つな》がっているのだろう。

「今、熊本に逗留されています。最初にお逢いしたとき、あのかたはわたくしに『モンパルナスの灯』という映画は見ましたかとお尋ねになりました」

ええ、もちろんですわ。ジェラール・フィリップが画家のモジリアニに扮《ふん》した映画。見たのは確か二十歳のときです。素晴らしい映画でした。ジェラールもモジリアニも三十六歳で亡くなった。そうでしたよね。妻はそう答えたそうだ。すると、Kはモジの恋人の名を覚えてますかと訊《き》いた。妻がジャンヌですと言うと、Kはあなたはジャンヌの面影がある。いや、あなたはジャンヌだ。僕のジャンヌと囁《ささや》いた。その瞬間、妻とK画伯の心は繫った。そう妻は言い、目をうるませた。

「考えさせてくれ」と私は言った。

家を出ると、会社に遅刻の連絡を入れ、その足で探偵社を廻った。三軒の事務所を訪ね、いちばん信用が出来そうなところに決め、調査を依頼した。妻の話だと、KはNホテルに泊まっているはずだと言い添えた。

翌朝、味噌汁を椀《わん》に注ぎながら妻は「あのかたは奥様と別れてきたとおっしゃった。その奥様というのがあのかたの仕事をまるっきり理解して下さらないらしい」と言う。まるでご近所の噂話をするような口調だ。

「ほら、あそこに」と妻は台所に飾った小さな額入りの絵を指さした。

「頂きましたの。K画伯に」

途端に社長宅で見たあの絵が脳裏をよぎった。あれは二千五百万円だった。

「無料《ただ》でか」と思わず尋ねた。

「おかねは要らないとおっしゃった。でも、それではあんまりだからと」

「で、幾ら渡した？」

「三百万——」

私は絵に近寄った。海辺の落日を描いた小ぶりの絵だ。ちゃんと落款《らっかん》まで入れてある。

「わたくしのおかねですから」

会社の帰りに例の探偵社を訪ねた。対応したのは五十くらいの歯に煙草の脂《やに》がついた風采《ふうさい》の上がらない男だった。まず、費用十万円を支払わされた。

「あの男には他にも女がいました。三人は判りました。一人は医者の奥さん、あとの二人は社長夫人です。つまり、あなたの奥さんだけではなかったということです。まあ、こう言っちゃ何ですが、揃って文化とか権威とかにころっと行く人達ですな」

そう言ったあとで、「これから偵察に行ってみませんか」と誘った。そういうわけで、その夜、Nホテルのラウンジで一緒に張り込みをすることになった。

ラウンジの客はほとんどが男女の連れだ。皆、めかしこんでいる。普段着は私達だけだろう。こんな所で妻と遭遇することだけは避けたい。ありがたいことに、妻はこの時間、文化講座で勉強中だ。

と、いきなり相棒が「あ」と頓狂な声を発した。「何だ」と訊くと、「この曲、わたし大好きなんです。唄ってるのも大好きなエラ・フィッツジェラルド」と言う。そんなことどうでもいいと叱りつけていると、当のK画伯なる男が女性同伴で現われた。Kは私達に背を向けて坐った。

私の相棒は読唇術が出来ると言い、女の唇の動きをことばにして私に伝えた。どれくらい本当かどうか、この際どうでもいい。

「わたしと結婚して。わたしの財産はあなたのもの——そう言ってます」

それから声を落としてこう続けた。

「情報があります。とっておきの」

そう言っておいて彼はさらに二万円要求した。

「実は、K画伯が住んでいる静岡の自宅に連絡を入れてみたんです。そしたら……」

「そしたら、どうなんだ」

「ちゃんと当のK画伯が出ました。念を押すと、間違いなくわたしこそKだと」

あの二人は手に手を取ってラウンジを出ようとしていた。私は閉まりかけたエレヴェーターに跳び込み、男の前に立ち塞った。

言いたいことは二つ。一つは妻のおかねを即刻返すこと。二つ目はとっとと失《う》せろ！

翌々日の朝、妻は甘ったるい声で喋った。

「わたくし、あのひとと関係を持ったと言いましたでしょ。あれは嘘です。真っ赤な嘘。そんな大それたこと、わたくし、出来るはずないじゃありませんか」

そう言って私の目の前で例の離婚届をちりぢりに引き裂いた。私はまだ掛かったままになっているあの小さな額に目を移した。すると妻は「捨てるにはもったいないでしょ」と言い、くすりと笑った。

＊落款《らっかん》　書画に筆者が自筆で署名し、もしくは雅号の印をおしたもの（『広辞苑』）

# 遼

市民ケーン　CITIZEN KANE
1941年、アメリカ（RKO＝マーキュリー）
日本公開、1966年
共同脚本　ハーマン・J・マンキーウィッツ／撮影
グレッグ・トーランド／監督・脚本・主演　オーソン・ウェルズ／共演　ジョセフ・コットン、ドロシー・カミンゴア、アグネス・ムーアヘッド

〝遼〟のおばちゃんが死んだ。

訃報は常連客だった者の間でたちまちのうちに広がった。と同時に、偲《しの》ぶ会なるものが浮上し、日程と場所が口伝えに連絡され、そういう訳で私の耳にも届いた。

偲ぶ会は長六橋近くの居酒屋の二階で開かれた。集まったのは三十人を越え、顔見知りも四、五人いたように思う。

〝遼〟は夕方五時から夜中の十一時頃迄開いていたこじんまりしたおでん屋であった。初めは帰宅途上のサラリーマンを当てにした〝めし屋〟だったが、めしより惣菜の方に人気が集中し、それも酒の肴になり、これがずいぶん続いた。おでん専門になったのは最後の二年くらいである。

間口が狭い店だった。カウンターに五人、詰めて七人坐らされたこともある。木製のテーブルには四人分の椅子が用意されていて、これが二つあった。予備のパイプ椅子も四つほどあって、混み合ったときには二

十人くらいの客がひしめきあった。普段は四、五人。ともあれ、四十年近く続いた店である。

東京に住んでいる息子夫婦と一緒に暮らすのが夢だと喋ってくれたことがある。めったに世間話などすることもない、どちらかというと無愛想なひとだったが、私一人のときにぽつりと洩らした一言である。

おばちゃんが店を畳んだのは半年ほど前である。大雑把《おおざっぱ》な予告はあったけれども、畳んだのはいきなりであった。立ち寄ってみたら、〝遼〟はなくなっていた。おばちゃんはそのまま東京で亡くなったという。この件を誰より早く知ったのは、地元の放送局のプロデューサーで佐伯という男である。それも、ついこないだ知ったという。

偲ぶ会は定刻通りに始まった。その時点で三十人近く集まっていたし、それから一人、また一人と増えて盛り上がっていった。

「ところで、おばちゃんの歳、幾つだった？」と一人がだしぬけに訊いた。皆が皆、首を横に振っている。

「息子はもう三十半ばだと思う。いや、もっと行っとるかな。とすると、おばちゃんは六十以上。七十過ぎに見えたけどな」

この意見にはほとんどの者が頷いた。

「あの息子、幼い頃はむぞらしかった（可愛かった）」と年配の男が遠くを見るような目つきをして言った。

「実は」とプロデューサーの佐伯が言いかけた。みんなの視線が彼に集中する。

「その息子が俺に知らせてくれたつよ。というのも、このところ、おばちゃんの夢をよく見るようになって、そいで、息子のとこに連絡してみたつ」

「どういう訳で息子さんの連絡先を知っとると？」と女性客が口をとがらして訊く。

「それが全くの偶然でね、出張のとき、空港でおばちゃんにばったり逢うたつよ。それが店畳んで上京する日だった。声をかけると、おばちゃん嬉しそうな目をして、傍らに立っている背広姿の男を指さし、『息子』と言うんだ。同じ飛行機に乗ったものの、羽田空港では姿を見かけんだった。息子さんから名刺貰うったけん、それで連絡してみたわけ」

「それで」と一同は佐伯の顔を覗き込んだ。

「そしたら、こうたい。あの日、羽田空港に着いた途端、おばちゃんは具合悪うなって倒れてしもうた。すぐ病院に担ぎ込んだら、末期癌だと診断された。そのあと、ずうっと病院で治療を受けたまま。一度も息子さんの家に行くことはなかった」

「無理してたんだね」

「息子を育て上げるのに苦労したんだ。東京の大学を卒業させたんだ。大したもんだ」

「わたしらの払ったおかねでね」と一人が茶々を入れた。笑いが生じた。

「ところで屋号の〝遼〟なんだけど、まさか、それ、おばちゃんの名じゃないよね」

「おばちゃんの名はハルコ。天気の晴に子供の子。それに息子の名はイサム。どこにも遼という字はない」

「旦那の名かな。早う亡くなった」

「判らん」

「満州引き揚げと聞いたような気がする」

「そんなの、聞いとらん」

「なんだ、判らんことばかりじゃないか。〝バラの蕾《つぼみ》〟だよ。昔、『市民ケーン』という映画があったとよ。ケーンというのは主人公の名だけど、そのケーンが死ぬところから始まると。なんと、臨終のことばが〝バラの蕾〟だ。誰にも何のことか判らん。友人が関係者に尋ねて廻るんだけど、一人として心当たりがない。それによう似とる」

しいんと静まり返った。と、いきなり女性客が喋り出した。

「関係ないけど、おばちゃんのこと、わたしは一つだけ知っとる。野良猫に餌やるのが楽しみだった。それも五十匹とかよ。わたしは見たよ。餌やってるときのおばちゃんの顔。幸せそうだった。至福の表情だったとよ」

その帰り道のことである。私は自転車に乗って家路を辿っていた。すっかり夜も更けていた。明るい繁華街を抜けると、人っ子どころか、車も通らない道に出た。最終バスが通って小半時にもなる時刻だ。

街灯が薄明るい光を投げかけている。と、道の真ん中に何かの塊《かたまり》を見たように思った。目を開いてよく見ると、猫、猫の群だ。五、六十匹は下らない。百匹くらいいるかもしれない。猫は夜中に会議をするという話を聞いたことがある。それに遭遇してしまったのだろう。彼らは道を占領している！

ベルを鳴らすと、彼らはいっせいに私を見た。目がらんらんと輝いている。ぞくりと怖気が走る。目をつむった。すると、〝遼〟のおばちゃんの顔が浮かんだ。おばちゃんは「そおっと通ればよか」と言った。目を開けると、猫はいなくなっていた。あれは酔眼で見た幻だったのだろうか。だが、私の震えはいっこうに治まらなかった。

# 砕ける月

河　THE RIVER
1951年、アメリカ(UA・オリエンタル)インド・オールロケ（カルカッタ州ガンジス河周辺）
監督　ジャン・ルノワール／原作　ルーマ・ゴッデン／撮影　クロード・ルノワール
ノラ・スウインバーン、トーマス・E・ブリーン、ラダ・シュリ・ラム、パトリシア・ウォルターズ

敗戦からふた月ほど経った昼下がり、一人の復員兵が村の馬車に便乗してやってきた。村といっても、一時間も歩けば端から端まで行ってしまうほどの小さな村落で、周りを川に囲まれた中洲状になっている。その南の端と北の端に橋が架かっていて隣村に通じていた。彼は南からやってきた。

目ざしたのは、私の母方の遠縁にあたる益江おばの家であった。西の端にあるその家におばはたった一人で住んでいた。おばの夫は町に出たさいに空襲の巻き添えで亡くなっていた。長男は戦死、次男は近くの農家の養子になり、三男の雄三はまだ戦地から戻ってこなかった。復員兵はその訃報を携えて訪れたのである。

それと判っておばはその場に倒れてしまった。復員兵はすぐ立ち去るつもりだったらしいが、とにかくおばを介抱し、そのまま一週間ほどとどまることになった。

そこへ私が跳び込んだのだ。母が作った唐芋団子を持っておばの家に行ったら、その復員兵がいたのだ。

この辺の若い衆にない穏やかな目をしていた。修《おさむ》と名乗ったが、そのことば使いも丁寧で、それだけで十歳の私はわけなく魅了されてしまった。

南の島のジャングルで雄三は修さんに抱かれて息を引き取ったそうだと涙声で語るおばにとっても、修さんは特別の人に見えたに違いない。それで半ば強引に修さんを引き留めたのだ。離れた郷里へ戻っても、食っていくのは大変だ。ここに居れば、食うものはあると。

修さんは慣れない手つきで鎌《かま》や鍬《くわ》を握り農作業を手伝った。仕事が終わって、おばが夕食を作る間、修さんはよく川岸にやってきて、沈みゆく夕陽を眺めていた。そのうち、私も修さんの隣に坐って一緒に眺めるようになった。

修さんは南の島の話をしてくれた。ボルネオと聞いたように思うが定かではない、海に潜って魚を獲った話。鱶《ふか》に追っかけられた話。海の入り日はことばで言いつくせないくらい美しかったこと。日が沈むと、しばらくは残照が海面をきらきら輝かせるが、それも少しずつ消えてゆき、一瞬、すとんと暗くなる。そこまで言うと、修さんは声をつまらせた。あの光景を眺めたのは雄三さんと一緒だったと。

ジャングルの話も面白かった。大の男の二の腕くらいもある大きな蛇と出くわしたこと。それから、得体の知れない獣の唸《うな》り声、あれはいったいどのような獣だったのだろうと修さんは首をかしげた。

戦争の話はほとんどしなかった。思い出すのも苦痛なのだろうとこども心に思った。

川にはおばの次男宅と共有している一艘《そう》の小舟があって、これに乗って川の中程まで行ったことがある。どこで覚えたのか、修さんは器用に艪《ろ》を漕《こ》いだ。対岸までは百メートルほどあって流れも速かった。それでだと思うが、すぐに引き返してしまった。

ある日、村全体が騒然となる事件が起こった。米泥棒が現われたというのだ。ある農家では二俵もの米が蔵から消えていた。その年も含めて戦時中は、女、こどもで耕し収穫したのだ。穫れた量も知れている。それだけに米はすこぶる貴重品であった。たちまち自警団が組織された。既に戦地から戻ってきた大人や十三、四の男子まで加わった。彼らは棍棒《こんぼう》を手にし、南北の端に仮小舎を作り、昼夜にわたって見張った。怪しいと疑ったら容赦しないという話だった。

そんなある日の夕方、自転車に乗った郵便配達夫が益江おばの家へやってきた。おばは一通の手紙を受け取った。裏を返して差出人の名を見て驚いた。雄三の名が記されていた。動悸《どうき》が激しくなった。封を破って中身を取り出して読んだ。文面には、雄三の字で明朝帰宅するとしたためられていた。

その夜、私は益江おばから呼ばれた。何事かと思って赴くと、開口一番「これから修さんを送って行け」と言う。何のことか判らない。が、おばはそれには何の説明もせず、「橋には見張りがおるから舟で行け」と言った。それから、戸口のところにつっ立っている修さんに「ちっとも恨《うら》んどらんけんね」と声をかけた。すがるような口調だった。

「良《よ》か夢見せてもろうたもん。もっと居《お》ってもらいたかばってん、事が知れたら、村の衆は黙っとらんだろ」

その一言で、私は修さんの逃亡の手助けを頼まれたことを察知した。と同時に、修さんの嘘も感知した。何が雄三さんを腕の中で見取ったのだ。修という名だって嘘に決まっとる。「明日の朝、迎えに行かせるから、あっちの岸で舟の番しとけ」とおばが言うのを聞きながら、私は修さんを睨《にら》みつけた。

小舟は静かに岸を離れた。月が煌々《こうこう》と輝いていた。満月に近い月であった。川面に映る月影は小舟の立てる波でちりぢりに砕けていく。それはまるで私が抱いていた修さんへの好意が壊れていくのを見せつけられるようだった。私達はほとんどことばを交わさなかった。対岸までの時間は意外と短かかった。杭《くい》に小舟の綱を繋《つな》いだ。ここから小一時間歩けば、鉄道の駅がある。修さんはそこから朝一番の汽車に乗る。修さんはすぐには立ち去らなかった。私と並んで坐り、波間にたゆたう月影を眺めた。

「人間の営みなんてちっぽけなものだね。この悠久なる自然と比べれば」

そんなことを修さんはぽつりと洩らしたが、幼い私には〝営み〟〝悠久〟など判るはずもない。ともあれ、修さんは去って行ったのだ。

高校生になりたての頃、私は「河」という映画に出会った。インドの大河のほとりで暮らす人々を描いた凄《すご》くきれいなカラー映画だった。その中に〝営み〟〝悠久〟が出てきたのだ。字幕として現われたそれらの文字を見ているうち、私は無性に修さんを懐かしく思った。生きていくためについた小さな嘘、悠久なる自然に比べたらちっぽけなものだよ。

# 汽車

大地のうた　PATHER PANCHALI
1955年、インド（西ベンガル州政府製作）作品完成、1953年　日本公開、1966年
脚色・監督　サタジット・レイ／原作　ビブーティブーシャン・バンドパダヤ／音楽　ラヴィ・シャンカール
ジュビル・パナージ、カヌ・パナージ、コルナ・パナージ

母の病室を開けた途端、ボワーッという汽笛が耳をついた。続いて蒸気の音、車輪がレールの上を走る音が轟《とどろ》いた。

「どうしたとね」と咎《とが》めると、母はベッドの上に上体を起こした格好で童女のように笑いかけ録音機のスイッチを切った。

「あんた、覚えとる？」

「何をね？」と応じる私の声は、今しがた驚かされたのを引きずっていてとげとげしい。

「あんたは確か十三だった。父ちゃんが阿蘇白川の駅長をしとったときのこと」

それだけで私の脳裏には一つの風景が浮かんできた。すすきの穂の間から、疾走《しっそう》してくる汽車をじいっと見つめていた男の子。五つか六つくらいだ。木綿のズボンはほころびていたし、シャツも汚れたままだった。寒そうにぶるっと身体を震わせていた。

「あの男の子のこと?」と私は訊《き》いた。

「そう」と答えて母はくすりと笑った。

「やっぱり覚えとる」

友達の家に遊びに行った帰りのことである。

男の子にとっては林みたいに背の高いすすきの群生の間から固唾《かたず》を呑んだようにして突進してくる汽車を見ていたのだ。汽車が去ってしまうと、ふうっと大きく息を吐いた。

男の子は私に気がつくと、「駅は?」と訊いた。当時私の一家は駅の官舎に住んでいた。官舎は駅の一部と言っていいくらい近くにあった。

あっちと指さして帰ろうとすると、男の子は私のあとに尾《つ》いてきた。私が振り返ると、「父ちゃんの所へ行く」と答えた。その父親がどこにいるのかも判らない。唯、汽車に乗って行ったとだけしか答えない。仕方がないので家に連れて行き母に引き合わせた。

母は聞き上手だった。初めのうち男の子は父親は遠くへ行って暫《しばら》く帰ってこないことを話した。それから、自分は隣村に住むおじさんの家に厄介になっているとも言った。そのおじさんは怖い人だとも。雄弁になったのは、芋饅頭《いもまんじゆう》のせいかもしれない。とにかく暗くならないうちにといって、その隣村まで男の子を送って行ったのは覚えている。

ずうっと後になって「大地のうた」という映画を見たとき、主人公の少年にあの男の子を重ねて見たことがある。もはや、どのような顔をしていたのかさえ忘れていたのに、あの情景を思い出したのは確かである。映画の中の幼い少年は姉と一緒にすすきの間から初めて汽車というものを目にするのだ。しかも、少年の父は遠い所で働いている。

けれども、その後あの男の子のことを気がけたことはない。今幾つになっているのだろうかなどと思うことなどなかった。

「あのあとね、心配だから隣村まで行ってみたとよ」

そしたらと言って、母はぐっと唾《つば》を呑み込んだ。

実際に行ってみると、そこは大きな農家だった。だが、男の子のおじ夫婦というのが、母には気に入らなかった。お世話になりましたと口では礼を言ったが、心がこもっていない。そこへ彼らの息子が姿を現わした。ちゃんとした清潔な服を着ている。ほころびたズボンに汚れたシャツを身につけていたあの男の子とは段違いだ。この一家にとって男の子が余計者《よけいもん》であるのがはっきりした。

男の子は、この家の主《あるじ》の妹である母と一緒に町に住んでいたのだが、戦火で焼け出され、この家に疎開した。主は母子が住めるよう小屋の二階を改造して当てがった。そこへ男の子の父親が戦地から復員してきた。気を抜いたせいか母親は病に臥《ふ》しそのまま亡くなった。父子二人、今も小屋の二階に住んでいるという。父親は遠い所で働いているらしい。

「よう知っとるね」と私は冷ややかに言う。

「そるがたい」と母はいたずらっぽく目を輝かせ「これには裏があったと」と言った。それから「あの頃、田舎では密造酒を作るのが流行《はや》ったつよ」と続けた。

密造酒というからには造ってはいけない酒だ。これを造ったのは男の子のおじである。突然手入れがあってばれてしまった。村会議長までしている義兄がしょっ引かれるのはまずい。いろいろお世話になったのだからと男の子の父親が身代わりとして警察に連行された。男の子には、父親は汽車に乗って遠い所で働いていると言い聞かせてあった。

父親のいない日が一日、また一日と続くうち、男の子はとうとう我慢できなくなって駅をめざして歩き出した。それがあの日のこと。

そこまで言うと、母は疲れたと言ってベッドに臥《ふ》せた。それでも喋《しゃべ》り続けた。

「帰り道、女子衆《おなごし》に呼び止められてね、それで仕入れた話なんよ。それからね、まだあるとよ。女子衆は別れ際に『あたしが思うに、あれは罠《わな》ですたい。警察に告げ口したとはあの家の主人と思うとります』と言うたつよ」

えっと驚く母に「義弟さんはほんに良か人で人気者でしたたい。あの主人は相当やきもち焼いてましたけんなあ」と囁《ささや》いた。

男の妬《ねた》み心は歴史をも覆すくらいひどいもんなのよと言って、母はきゅっと唇を嚙《か》んだ。

以来、母はあの子を陰ながら見守ってきた。それはずうっと続いた。いまもなお、二人は強い絆《きずな》で結ばれていると言う。

「あたしには息子がもう一人いた。そう思うことにしたつよ。知らんだったろう。誰にも知られんごとしたけんね」

そう言ったあとで、ベッドの脇にある生け花を指さした。紅葉を思わせる色どりの、小さなヒトデみたいな花が密生している。

「あれもあの子が持ってきてくれたとよ。あんたは花なんか持ってきたことないでしょう」

その男のことを知りたいと思った。だが、母は「ヒミツ。あんたには言わんと。あんたも妬み心の深いひとだもん」と言ってくっくっと笑った。と思うと、目を閉じてしまった。

すやすやと眠り、寝息まで立てている。

# 影法師

第七の封印　DET SJUNDE INSEGLET
1957年、スウェーデン（スヴェンスク）日本公開、1963年
脚本・監督　イングマール・ベルイマン
マックス・フォン・シドー、グンナール・ビョルンストランド、ベント・エーケロート

ビルの間を抜けてきた冷たい風が、街路樹の残り少ない枯葉を一枚吹き飛ばしたついでに、私のうなじをひょいと舐《な》めるようにして通り過ぎた。思わず襟《えり》もとに手を当てる。それでも冷気にまとわりつかれそうに思われて私はうろたえ気味にアーケード街に駆け込んだ。

と、いきなり「寒いのか」と声がした。振り向いたが、せわしく往き来する通行人だけで、そのような親しい声をかけてくれそうな知人は見当たらない。

「見えぬのか、それがしが」と再び同じ調子の声がする。もう一度振り返ってみる。ビルの石段に一人の僧侶があぐらをかいて坐っている。それも歴史の本のさし絵で見たことのある僧兵の格好である。黒い僧衣に白い頭巾《ずきん》をかぶっている。右手にしかと握っているのは薙刀《なぎなた》だ。

まさか、この男ではあるまい。そう思って通り過ぎようとすると、相手はまたも大声で私を引き止めた。

「そなただよ。こちらへ来られよ」

妙に抗《あが》えないものがあって、私は石段へ歩み寄った。

「それがしを覚えておらんのか」

全く覚えがない。私は強くかぶりを振った。

「二度もそちの前に姿を現わしたのに、見もしなかったのか。最初は、そなたが下北半島の尻屋崎で歳甲《とし》斐《が》もなく泳いだときのことだ。そなたは既に三十五だった。旅行仲間と一緒にあの荒海で大胆にも泳い《い》だのだ。泳ぐことで人生の何かを得たいと、喪《うしな》った何かを取り戻したいとけなげな思いでな。ところが、自生の昆布《こんぶ》に足をからめとられて動けなくなった。あのとき、そなたを助けたのはそれがしだ。覚えておらんのか」

確かにそういう目に遭った。だが、あのときは自力で浮き上がったのだ。

「そなたは旅をすることで人生が変わると思い込んでいた。それしきの旅で何が変わろうものか。所詮《しょせん》、あがきにすぎぬものよ」

何を抜かすと私は相手を睨《にら》みつける。

「二度目は長野の善光寺よ。地獄巡りの回廊でそなたは右側の壁を伝って歩けとあれほど注意されたのに、左側の壁を伝って行き、あやうく迷うところであった。あの暗がりでそれがしの声を聞いたろう。『右と左を取り違えとる。右だよ、右！』と」

確かにそういう経験はある。だが、あの声はもっと優しく丁寧だった。

「それもこれも今日の日のためだった」

何者なのだ、おまえは。

「それがしか。名乗るほどの者ではない。あえて申せば、影法師。そなたの影を追って参ったのだから」

何の目的で私を追ってきたのだ。

「魂を受け取るためだよ」

「魂⁉」

「そうじゃ。この薙刀でそちの魂を切り取る。それがそれがしの役目なのだ」

薙刀の刃が残光に映えてギラリと光った。ほんものだ、そう思った途端、激しい震えが全身を貫いた。魂を取られたらどうなる？　生ける屍《しかばね》か、はたまた亡者か。

二十代の終わり頃に「第七の封印」という映画を見たことがある。時は中世、一人の騎士の前に黒いマントに身を包んだ男が現われる。自分は死神だと名乗り、大きな草刈り鎌を見せて言うのだ。

「おまえの魂を刈りにきた」

その場面が脳裏をよぎる。ひょっとしたら、あの場面が私の意識の根底にあって、今ここで起きていることは、私がそれを基に創り上げた幻覚にすぎないのかもしれない。

あの映画で騎士は死神とチェスをする。もし勝てば生命を奪うのは先に延ばして欲しいという条件で。

「待って！」とあの騎士と同じように私も叫んだ。そしてあの騎士と同じように「勝負をしたい」ということばを口にした。

「薙刀でか」と言って相手はカラカラと笑った。

「もういいではないか。六十五まで生きたのだから。この先何を望むというのだ。何もない、何も起きないというのは判っているはずではないか」

いや、と私は言い返した。それでも死ぬのは真っ平だ。何も起きなくても生きていたい。起きるかもしれないではないか。

「それならば、碁をいたそう」

碁だって⁉　そんなのやったことがない。

「ならば、将棋はいかがなものか」

それもやったことがない。そうだ、若い頃、花札なら少々やったことがある。

「低俗だが、いたし方ない」

相手は懐ろから花札を出して切り始めた。配られた札を取って見る。雨の札が二枚。残りの二枚の雨を手に入れると、この勝負はお流れになる。確かそんな決まりがあったように思うが自信がない。

「そなたがそれほど執着する人生でもあるまいに。期待しても何もないぞ」

石段に札がはじく。相手がにんまりと笑う。

「猪と鹿を貰った。残りは蝶だ」

私がめくると雨が出てきた。あと一枚！

「蝶だ。勝負はついた」

「待って！」と叫び、私は最後の一枚をめくった。雨だ。助かった。

「そのような勝手な決まりは存ぜぬぞ」

「ルールはルールだ。勝負はお流れだ」私の強引な申し出に相手は潔く頷《うなず》いた。

「ならば、当分お預けといたそう。だが、次は碁といたす。腕を磨いておけ」そう言って相手はまたカラカラと笑った。

鳩が目の前をよちよちと歩き、さっと飛び立った。振り返ると、もう影法師の姿はなかった。再び寒気に見舞われた。私はぶるっと武者震いをして立ち上がり、わが家を目指してさっさと歩き始めた。

途中、本屋に寄って碁の本を探すとするか。

# 買い出し列車

鉄路の闘い　LA BATAILLE DU RAIL
１９４６年、フランス（フランス映画総同盟／ユニオン）日本公開、１９５５年
脚本・監督　ルネ・クレマン／撮影　アンリ・アルカン
出演　アントワーヌ・ローランほか、レジスタンス運動に加わった労働者たち
第１回カンヌ国際映画祭グランプリ受賞

「え？　闇米について訊《き》きたい？」

中学生になる孫娘が目を輝かせて私の顔を覗《のぞ》き込んでいる。どう話したらいいものかと思案中のところへ妻が茶菓子を運んできた。

戦中戦後にかけての食糧事情はそりゃあひどいもんだった。農家の働き手まで戦地に狩り出されていたから、当然米の収穫は少ない。そのうえ、供出が割り当てられたから、農家も大変だったと思うよ。街《まち》部では、まず米そのものが手に入らない。配給はあったよ。でも、米はほんのわずかだ。麦、粟、小麦粉、芋、それに得体の知れない粉があったな。甘藷《かんしょ》の葉を粉末にした物と聞いたけど、本当は何だったんだろう。

ところで、その米だけど、実はある所にはあったんだよ。どこそこの田舎でこっそり売られてるという噂

があった。銭より上等の反物等が喜ばれるという話もな。もちろん、これは闇の取り引き。そうやって売買される米を闇米と言った。それを街の者が徒党を組んで買いに行く。これを買い出し部隊と呼んだ。

戦争中にもあったよ。私らこどもは予科練の歌をもじって〽七つくらいのこどもを連れてぇ、今日も行く行く買い出し部隊――と歌ったもんだ。むろん、買い出しは禁じられたことで、街中のどこそこに〝買い出しはスパイ行為の卵なり〟などという標語が貼られていたしね。

戦争が終わると、そりゃあ、食べていくのに難儀した。実を言うと、私も闇米買い出しの経験があるんだ。一度きりだけどね。日に日に痩《や》せていく祖母が「死ぬ前に一度でよかけん、銀飯を食べたか」と呟くのを、見るに見かねた母が買い出しに出かけることになった。でも、その日の朝、弟が熱発したので代わりに私が近所のおばさん達と行くことになった。八歳だった。私は長男だからと張り切っていたんだ。

あ、銀飯というのが判らないんだね。白米だけの御飯のことだよ。今ではごく普通の御飯だよね。だけど、あの頃は銀飯と呼んだように極上の馳走だった。

私達は汽車に乗って阿蘇へ向かった。阿蘇なんて生まれて初めて行くんだ。車窓から見る原生林なんて本当にわくわくしたね。立野のスイッチバック―傾斜がきついので汽車はいったん登ったかと思うと、ある地点で逆向きに走り出す。そんなのに私ははしゃぎまくった。立野の次が赤水、そこで下車した。駅の近くの雑貨屋が取り引き場所だった。

店に着くと、いきなり商談が始まった。私もリュックの中から反物と着物を出して広げた。主《あるじ》といっても婆っさまだよ。その婆っさまはにこりともせず、「なら、米一升」などと平気で言ってのける。すったもんだの末、私は米三升と甘藷五キロを手に入れた。ずしりと重くなったリュックを担ぎ駅へ向かった。

よく晴れた日だった。汽車は一路まっしぐらに平野部を目指した。祖母の喜ぶ顔が目に浮かんだ。窓外には緑青色の麦畑がずうっと続いて、それが目に沁みたのを思い出すよ。

三里木を過ぎた辺りから乗客達は急にそわそわし始めた。声を潜めて喋っているが、何のことか見当もつかない。心配しているらしいことは察せられたけど。

ところが、竜田口駅で事態は一変した。下りたはずの女がリュックを背負ったまま動き出した汽車にとび乗ってきた。血の気が失せている。唾をぐっと呑《の》み込むと、私達に向かって「検問のありよった」と言った。

緊迫した空気が車内を走り抜けた。女達の話す声はもうひそひそ話ではない。〝警察の取り締まり〟が行

われていたことを告げ合っていた。次の駅は大丈夫だろうか。竜田口であってるなら、熊本駅はもっと危ない。そういうことを耳にするうち、私達がやってることは闇の取引だという思いがずしりとのしかかった。

熊本駅前の派出所には検問がある日は八俵から十俵の米が摘発される。没収されたら何もかもおしまいだよ！

そのとき、前の席に座っていた見知らぬおばさんが呟くように話しかけてきた。ぎょろりとした目玉の四十過ぎの女の人だったよ。

「あたしを信じるかい。そしたら、その荷物、取られずにすむよ」

傍らで近所のおばさんが「信じちゃだめ」というふうに首を横

に振ってみせる。そのうち目玉のおばさんは自分のリュックをひょいと担ぎ、「さ、あんたも」と促した。近所のおばさんはまたも首を横に振る。それでも私は目玉のおばさんに尾《つ》いて行ったんだ。

目玉のおばさんはデッキから麦畑めざしてリュックをせえのと抛《ほう》り投げた。そして「あたしのこども達が拾ってくれるけん、心配いらんと」と言った。さあという声につられて私は迷わずリュックの紐を摑んだ。

水前寺駅に着いた。改札口を過ぎると、警察官ふうの男達が現われて、買い出しと判る者達を駅舎へ連行した。その中に私と同じ歳くらいの少年がいて、軽やかに通過する私にとげとげしい視線を向けた。見るのも辛かった。これで、おしまい。

いや、思い出したことがある。大学生のとき「鉄路の闘い」という映画を見たんだ。ナチスに対するフランスの鉄道員の抵抗運動を描いた映画でね、あのときと同じように連行される場面があった。彼らは一列に並ばされ容赦なく銃殺されるんだ。その一つの弾丸が私の胸に撃ち込まれたような衝撃を覚えたね。それにあの少年の咎《とが》めるまなざしを重ねて見てしまった。これで本当におしまい。

孫が去ったあと、私はほっとして茶をすすった。この話には嘘がある。あのとき私はどたんばになって目玉のおばさんを疑ったのだ。そのため駅で並ばされる破目になった。目の前でリュックの荷をすべて奪われてしまった。祖母の最後の願いをかなえてあげられなかった。

# 煙立つ

生きていた男　CHASE A CROOKED SHADOW

1958年、イギリス（ABP／ドラゴン・フィルム／WB）製作　ダグラス・フェバンクスJr／監督　マイケル・アンダースン／脚本　デヴィッド・オズボーン&チャールズ・シンクレアアン・バクスター、リチャード・トッド、ハーバート・ロム（スペイン、バルセロナでのロケ）

「貴方《ああた》が初めてうちへ来られたときのこと、覚えておんなさるですか」

陽当《ひあ》たりのいい縁側近くに臥《ふ》せている老女は私が来るのを待ち構えていたように話しかけてきた。か細いが、はっきりした口調だった。

覚えていますともと私は答えた。あのとき私は二十三歳。心身共に疲れ果てていた。田舎は空気がいいからという理由で母方の里に預けられた私は、重い腰を上げてまず隣家に挨拶《あいさつ》をしにうかがった。

門口に立ったとき、中庭で彼女は枯草か何かを燃やしていた。その煙越しに私をじいっと見ていたのだった。

「あのとき、貴方は背中を西日に照らされておんなさったけん、黒か影のごと立っとんなさった。それがうちん衆《し》によう似とったとです。戦地から戻ったとき、うちん衆はああいうふうにして門口に立ってあたしをじいっと見とったとです。びっくりしました。うちん衆が立っとると思って心臓が停《と》まるかと」

彼女の言ううちん衆こと彼女の夫はつい先日亡くなって、確か初七日の喪が明けたばかりだと聞いていた。その夫が門口に立っていると思ったときの驚きは想像に難《かた》くない。

学生の頃、『生きていた男』という映画を見たことがある。大邸宅に住む女主人公のもとに一人の男が訪れる。いぶかしがる彼女に男はおまえの兄だと名乗る。そんなはずはない。わたしの兄は死んだのだ——。

「貴方は大病を患って静養に来られたとでしたね」

大病などではない。本当は生きる力を喪《うしな》っていたのだ。なるほど、大病というので同情を買っていたのか。とりわけ、彼女は親切だった。滋養があるからと言って、産みたてのチャボの卵をくれたりしたことがあった。

彼女の家の庭には草花がたくさん植えてあり、花が咲くと、わざわざ私を呼びにきた。これは、〝ノボリフジ〟です。これは〝紫式部〟ですと、その名をいとおしむように唱えて私と並んで鑑賞した。そんなときは彼女の娘という私より五つ六つ年上の女が手作りの団子やおはぎを持ってきて馳走してくれた。彼女の夫も人の善さそうな性格で、なんて平和な家族だろうと感心したものだ。

本当にいい人達だった。とりわけこの老女には恩がある。彼女の優しさで私は気力を取り戻したのだ。なのに、あれから二十二年、私はこの村を一度も訪れることがなかった。彼女が病に臥し、たぶんこれが最期だと感じ取り、私に一目逢いたいと言い出さなかったら、たぶんそのままになっていたに違いない。彼女は娘に手を合わせて頼んだというから、よほど私に逢いたかったとみえる。

連絡を受けたとき、あのときの彼女の厚情のありがたさがじわっと湧《わ》き起こってきて、訪れずにおられなくなったのだ。

槇《まき》の生垣もあの頃のままだった。馬門石《まかどいし》を使ったという門柱もそのままだった。懐かしさのあまり、あのときのように門口に立ってみる。

老女はあの辺で何やら燃やしていた。けむたそうな目で私を見、中腰になって「はい」とだけ応じた。それからしばらくして「どなたですか」と訊《き》いた。その間、彼女は私を死せる自分の夫と見間違っていた。七日ほど前に亡くなった男の亡霊と錯覚していたのだ。

玄関に立つとすぐに彼女の娘が現われ、「おっかさんが待ってます。話したがってますけん、聞いてやってください」と早口で言いながら私を案内した。

老女は臥せたまま目をしばたかせて私を見た。それは二分近くも続いた。それから、ほっとしたように「変わっとんなさらんなあ」と言った。目がうるんでいる。

いや、私は変わったのだ。心を傷つけやすかった純粋さはとっくの昔に棄《す》て去り、今ではすっかり俗人になっている。それを思うと、少しだけだが恥ずかしい気持ちになった。

「貴方はほんによかおひとだった」

これも照れ臭い。私はあの頃でさえ決していい人ではなかった。よくしてもらうためにいい人を演じていたにすぎない。

「時が来たら、貴方にだけは話をしたいと心を決めておりました」

「何を、です?」と私は訊き返した。その声音には軽々とした響きがあった。我ながら不謹慎だと思った。見抜いたのかどうか、彼女はしばらくの間押し黙り私の顔を見ていた。いや、私の目を見ていた。この期《ご》に及んで躊躇《ちゅうちょ》しているのだろうか。はたまた私の目の濁りを見破ったのか。動悸が激しくなった。

「あたしは八十九になりました。あのときは六十七。二十二年間、誰にも言わずに胸の内に秘めてきたことがあります。やがて私にお迎えが来ます。その前に貴方に喋っておきたかとです」

老女の目が一瞬険しくなった。聴く覚悟はあるのかと問うている。

「あのとき、庭で燃やしとったとは――」

そこまで言うと老女はごくりと唾《つば》を呑んだ。

「枯草、でしたね」と私が先を取って言うと、老女はかすかに首を横に振った。

「草は草でも、あれは特別のです。うちに代々伝わってきた薬草です」

老女は目を閉じている。心が揺らいでいるのであろうか。

「ごくわずかなら気を鎮める効能があります。ばってん、量次第では男の一人や二人――」

まさか、自分の夫に飲ませたのでは!?

「うちん衆は外面《そとづら》のよか人でした。娘の前でもよか人でした。ばってん、あたしには辛う当たらした。戦地から戻るとひどう当たるようになって。生傷《なまきず》は絶えまっせんでした。ずっと耐えてきました。ばってん――。初めは少しずつ飲ませ、そのうち量を増やしたとです。もうあの草はありません。あのとき燃やしてしもうたとです」

あれからさらに二十年。

それは残り火となって、私の胸の内でくすぶり続けている。

# 月の宴

その男ゾルバ　ZORBA THE GREEK
1964年、ギリシャ（FOX）
原作　ニコス・カザンツァキス／制作・脚色・監督　マイケル・カコヤニス／音楽　ミキス・テオドラキス
アンソニー・クイン、アラン・ベイツ、イレーネ・パパス、リラ・ケドロヴァ（クレタ島ロケ）

私が山師の恒男さんに初めて逢ったのは、今から四十三年ほど前のことである。

その頃、私は九州山地のとある分校に教師として勤務していた。当時、道はあまり開けておらず、私も他の教師と同じように宿舎で暮らしていた。その宿舎に恒男さんは一升瓶《びん》をぶら下げてひょいと入ってきたのである。

秋の入り口であった。まるで煌々《こうこう》と輝く月から降り立ったみたいに恒男さんは縁側のガラス戸を開けて浅黒い顔を覗《のぞ》かせ私の名を呼んだのだった。

「こっちに仕事に来とるもんで。そいで、先生《センセ》ば見かけたけん、一緒に飲もうと思うてですな。お名前は生徒に聞いたつです」

初めて見る顔だ。山師と名乗るからに逞《たくま》しく引き締まった身体をしている。二十五年の私なりの人生の中で初めて接する人種である。断われないなと思った。

そんな私の当惑などお構いなしに恒男さんはさっさと上がり込み、私の目の前に酒瓶をどんと置いた。

「先生《センセ》は久しぶりに逢うた町の匂いのする若い衆《し》ですたい。さあ、飲みまっしょい」

恒男さんは湯呑《ゆのみ》に酒を注いで私に差し出した。それから自分の分も湯呑につぎ、ぐっと飲み干した。肴《さかな》も恒男さんが持参した干し肉だった。何の肉だったか判らないが、旨《うま》い味がした。

恒男さんは鹿《しか》や山鳥を仕留《しと》めた話を面白おかしく喋《しゃべ》った。中でも熊に追いかけられた話は眉唾《まゆつば》ものだと思ったけれど、けっこう笑える話だった。三時間ほど経つと、「また来年！」と威勢のいい挨拶《あいさつ》をして立ち去った。

二度目は翌《あ》くる年の夏だった。

四人いる教師の中で私だけが当直で居残っているところへ、平野部の高校生が六人、校庭にテントを張らせて下さいと言ってきた夜である。迷惑だが仕方なくテントを張らせたところに恒男さんはまたも一升瓶を下げてやってきた。やはり月の照り映える晩だった。

恒男さんはその月を顎《あご》でしゃくり「お月さんの輝くのを見ると、先生《センセ》が恋しゅうなってですな」と言いながら部屋に上がりこんでどかりと腰を下ろした。

今夜は高校生連中だけでも困っているのに、あなたまでですかと喉《のど》に出かかった声も、恒男さんのいかにも懐しそうな笑顔を見るとぐっと飲み下すより仕方がない。諦《あきら》める思いで恒男さんの差し出す湯呑を手に取った。

そのとき、縁側の外から「先生」と声がした。高校生が総勢で立っている。

「楽器を貸してもらえんですか」

私の脳裏を音楽担当の教師の顔がよぎった。彼に知れたら唯ではすむまい。怒ったついでに分校主任に言いつけるに決まっている。

「だめだ。貸せないよ」

そう言った私に「どうしてです」と報いたのは恒男さんだった。恒男さんは理解に苦しむといった表情で私の顔を窺っている。

「演奏したかだけでっしょ。なら、貸してやったらどがんですか。ここは奥山の真っ只中《ただ》、ばれたりせんですよ」

恒男さんには抗《あがな》えない。そう思わせる何かがあった。私はやむなく承諾した。高校生の一人が「あの月を見ていると、無性に音楽やりたかごとなったとです」と言った。

周囲三百メートル弱の校庭はたちまち彼らの演奏会場と化した。恒男さんと私は彼らの奏でる曲を聴きながら酒をくみかわした。太鼓の音が聴こえる。オルガンの音もする。連中、オルガンまで校庭に運んだのか。そこへいきなり甲高い音色が響いた。あれはトランペットだ。音楽教師が「これがトランペットです」と大事そうに陳列棚に飾ったまま手もつけずに説明する代物《しろもの》だ。これはまずい！　そう思って立ち上がった私を恒男さんが押しとどめた。

「良かじゃなかですか。やらせておきまっしょい」

そのうち高校生が私達を誘いにやってきた。

「一緒に踊らんですか」

これには恒男さんが諸手《もろて》を打って賛成した。渋る私を無理やり立たせて校庭へ連れ出した。連中の一人に踊りの巧《うま》いのがいて、仲間にマンボだのルンバだのを教えている。恒男さんに誘導されて私もステップを踏んだ。あとは酔った勢いだ。生まれて初めての体験だ。

「何事《なにごつ》もこうなくちゃならんですな」と恒男さんが言う。頷《うなず》きながら私も大仰な言い方だけど、全ての精神が解き放たれるのを実感した。

翌くる日だったたか、その翌日だったたか、私は山を下るのに途中まで恒男さんと同行した。恒男さんは丸木橋をいともたやすく渡って「せせこましかことに捉《とら》われんでいきまっしょい」と言い、林の中にすうっと消えて行った。

そうだ、来年また逢いまっしょとも言ったのだ。だが、私は次の年平野部の学校に転勤し、二度と恒男さんと逢うことはなかった。その代わり、映画「その男ゾルバ」と出逢った。主人公が恒男さんと重なって見えた。

「人はもっと自由なはずです」

そんな意味のせりふが私の胸の内で反芻《はんすう》したが、あのあとの私は決してそうではなかった。生徒は規則に縛られ、教師もまた同じだった。妥協に妥協を重ね、あくせく無為のような〝生〟を過ごし定年を迎えた。

つい最近、縁あって四輪駆動とやらの車に乗せられてあの地を訪れたことがある。紅葉の案内のついでに顔見知りの店に立ち寄った。その屋の主人はあの頃の生徒の一人だった。話をかわすうち、たまらず恒男さんの消息を知りたくなってきた。もうかなりの年配だ。平野部で暮らしているかもしれないなと思った。だが、彼の返事は淡々としたものだった。

「恒男さんは山の中に入ったきり、どうなったか誰にも判らんとです。先生が転勤された次の年だったと思います」

例の丸木橋の辺りまで行ってみた。渡ろうとしたが、私には難しかった。林の向こうで恒男さんが手招きしているように思った。

旅情　SUMMER TIME　イギリス公開時の題は
SUMMER MADNESS
1955年、イギリス（ロパート・プロ）
原作　アーサー・ローレンツ監督　デヴィッド・
リーン／撮影　ジャック・ヒルデヤード
キャサリン・ヘプバーン、ロッサノ・ブラッツィ、
イザ・ミランダ（ヴェネッィアでのロケ）

# 梔子《くちなし》

そのひとは検査室のある二階からエレヴェーターに乗ってきた。車椅子《いす》に坐り点滴を受けたままの格好である。若い自信のなさそうな看護婦が傍《かたわ》らについている。六十過ぎの品のいい女性であった。いつからか脇《わき》に立っている私をじいっと観察している。目と目が合って気まずくなり視線をそらそうとすると、「あなた、あのときの方《かた》ですね」と語りかけてきた。

どう見ても知人ではない。「そうでしょう」と念を押されても覚えがない。人違いだろうくらい思っていると、「くちなしの花、見てらしたでしょう」と言う。その一言で三十年ほど前の記憶が少しずつ戻ってきた。

確かにくちなしの花に見とれたことがある。板塀の奥の中庭に咲き誇っていた。

「香りに誘われて御覧になったとおっしゃいましたよね」

はいと私は素直に答えた。

「どなたかの見舞においでになったの？」

「妻です」

「ご心配でしょう」

「いや、あと一週間もしたら退院です」

「そう。わたし、大きな手術を受けることにしましたのよ」

それは愉《たの》しんでいるような声音だった。

帰り道、私はあのときのことを少しずつ思い出していた。知人宅を訪ねたとき、途中の家の塀の内から甘い芳香が漂ってきたのだ。見上げると、そこには二メートル丈の木が三本、いずれも光沢のある濃い緑の葉をつけていて、その間に白い花が咲いていた。

しばらく眺めていると、だし抜けにほほほと女の笑い声がした。三十歳くらいの女がさもおかしそうに私を見ている。

「あまりいい匂いなので」と弁解し始めると、「よろしいのですよ。一つ差し上げましょう」と言って塀の内に消えた。まもなく花のついた小枝を持って現われた。

「あなた、『旅情』という映画、御覧になりました?」

私が首を横に振ると、女はその映画の話をし始めた。ベニスに旅した女が土地の男性と恋に落ちる。それは素敵な恋で、と言っても、しょせん、それは倫理的に許されぬ恋。いよいよというとき、男はくちなしの花を振って別れを告げる。

「わたし、あの映画を見て以来、くちなしが大好きになりました。植えたのはいいのですが、青虫がつきますの。それもいっぱい」

そんな話を交わしているところにこれも三十ぐらいの男が現われた。身なりのいい好男子だった。彼は私を窺《うかが》いながら女に「ねえさん」と声をかけた。女はにっこり笑い、再び私の方に振り向くと、「弟ですの。虫を取ってもらっているのです」と言った。

それだけのことだ。

二日置いてまた病院へ行った。妻は退院後の計画をぺらぺら喋《しゃべ》った。私はほとんど聞いていなかった。それより、あのくちなしの女性が気になっていた。妻の病室を出ると、すぐ女性の病室を捜した。女はいなかった。

妻の退院の前日、また病院へ行った。妻は明日帰られると言ってはしゃいでいた。私はそっと抜け出し、あのひとの病室へ向かった。ドアを開けると、彼女は私を見てほっとしたように微笑んだ。それからひと息つくと、「今日は打ち明け話をしますね」と言った。

「あのとき、男の人がいたでしょう」

ええと私は合槌《あいづち》を打った。

「わたしのだいじな人。くちなしを贈ってくれ、植えてまでしてくれた唯一人の男性」

「確か、弟さんとおっしゃいましたが」

「ええ。弟は弟でも、義理の弟です。実を言うと、わたしの実の妹の良人なんです」

しばらくの間、私達の間に沈黙があった。そのうち女の目の奥に艶然としたものが湧き上がってくるのを感じた。と、いきなり彼女はくっくっと笑い「妹は知りませんの。長い間、わたし達は妹を騙《だま》してきました」と言った。

「くちなしの実を煎《せん》じた汁で炊いた御飯、召し上がったこと、あります？　おいしいのですよ。彼の大好物ですの。鮮やかな黄色をしていますのよ。わたしはあれを食べているときの彼を見ると至福、これ以上の幸せはないと思ったものです」

ドアがノックされ看護婦が入ってきた。それを機に部屋を出ようとすると、女は哀願するようなまなざしで私を引き止めた。

「お願いがありますの。わたしの家はご存知でしょ。今を盛りとくちなしの花が咲いているはずです。一輪、持ってきていただけないかしら」

その足で私は記憶をたどりながら女の家を捜した。じきに判ったが、板塀はブロック塀に替わっていた。何より驚いたのは、くちなしの木が一本もなかったことである。呆然としてつっ立っていると、家の中から一人の女がうさん臭そうな視線で私を見ながら出てきた。女はあのひととよく似ていた。実の妹なのだろう。

「くちなしの木、ありましたよね」

とっさに私はそう口走った。女は怪訝《けげん》そうに私を見たが、やがて合点したように頷《うなず》いた。

「あれは虫がつき易かでしょ。厄介だけん、処分してしもうたとです」

せいせいしたという言い方だった。

「お姉さんが大事にしておられた——」

と言いかけた私のことばを取って、女は勝ち誇ったようにとうとうと言い放った。

「姉はもう戻ってくることもなかでっしょ。あのまんまで、たぶん」と言い、「あれは本当に厄介でしたとよ」と続けた。

仕方なく私は花屋からくちなしの花を買ってあのひとを見舞った。あのひとはありがとうと礼を述べたものの、たちまち顔を曇らせて、「違うわ、この花」と呟《つぶや》いた。それから「ごめんなさいね」と言って目を閉じてしまった。

# 捜索

山河遙かなり　THE SEARCH
１９４８年、スイス・アメリカ（ＭＧＭ）　日本公開、１９５４年
監督フレッド・ジンネマン
モンゴメリー・クリフト、アリーン・マクマホン、ウエンデル・コリー、イワン・ヤンドル（チェコ）　初の戦後ドイツ・ロケ（連合軍占領下のドイツ地区ロケ撮影８週間、完成まで２年）

その電話はいつになく私の心を揺り動かした。片言の日本語である。かけてきたのは、熊本市のある中学校に英語教師としてアメリカのイリノイ州からやってきたアーサー何とかという若者である。

彼はやっと捜し人を見つけられそうだ、それがあなただと前置きして「戦争のあと、アメリカ兵と友達になったことがありますか」と尋ねた。

「いいえ。たぶん、ないと思いますが」

そのたぶんという曖昧《あいまい》な言い方に我ながら引っかかるものを感じた。

「タウンゼントという名字のＧＩです」

「タウンゼントなんて、心当たりはない」

「ラルフ・タウンゼント、です」

ラルフ？　と自問してみる。どこかで聞いた覚えがある。これまでの人生の中でこの名は深い関わりがあ

るような気がする。思いすごしかもしれない。それで「思い出してみます」と返事する。二、三日余裕をくれないかと頼むと、できたら明日の朝までにと食い下がってきた。それから、もう一度名乗った。

アーサー・R・タウンゼント。ミドルネームのRはラルフ。そのラルフは祖父だとも。

巻き舌のRの発音は聞き取り難かった。だからこそ、そのラルフの名はぐいぐい私の心に浸透していく。

受話器を置いたとき、不意に五、六年ほど前に感じたあることが思い浮かんだ。ラルフとは全く関係のなさそうなことなのだが。

ちょっとした用で細工町へ行ったときのことである。寺の前にさしかかったとき、突然懐かしい思いがこみあげてきた。この寺には前に来たことがある、そう思った。西光寺という寺の名を口で唱えてみると、心がときめいてきた。思わず楼門に触れようとしたとき、いきなり、〝そうしてはならぬ〟という啓示のようなものがひらめいた。それで私は懐かしい思いを振り切ってその場を立ち去った。

だが、あの寺とラルフとはどこでどう繋《つな》がっているのだろう。ともあれ、ラルフの名を鍵にして、無性にその繋がりを知りたがっている自分に気づいた。私はそこら辺の事情を自ら固く封じてしまっているのに違いない。それなら開けてみよう。もう六十半ばを越したのだ。くよくよしたところで始まらない。

早速歴史研究家と偽って、市の資料室に電話をかけてみる。戦後、昭和二十年から二十一年にかけて西光寺に何があったのか。すると、あの寺は最初に敬人童園を開いたのですと返事があった。童園とは何なのだ。

「戦災で親を喪《うしな》って路頭に迷っていた孤児の救済のために作った施設です。あの寺がまっ先に彼等の面倒を見たのですよ」

ということは、この私も戦災孤児だったのだろうか。まさか、そのはずはない。いや、今はその自信が揺らいでいる。学生の頃、友人が推薦してくれた「山河遙かなり」という映画のことが思い浮かんできた。実は見なかったのだ。拒絶したというのが的を射ている。

友人は次のように解説したのだ。

生々しい戦争の傷あとだらけのドイツだ。そこに収容所から出てきた一人の少年がいる。戦災孤児だ。通りがかりのアメリカ兵が救いの手をさし伸べるんだよ。

その戦災孤児ということばに拒否反応を持ったのだ。そう思ったとき、すうっとラルフの姿が目に浮かんできた。

私は六歳だった。駅を根城にして物乞いをしていた。数人の仲間がいた。あのとき、その仲間から追われていた。逃げる拍子にぶつかったのがアメリカ兵だった。そうだ、ラルフだ。私は彼にしがみついたまま倒れてしまった。気がつくと病院のベッドの中だった。

すごい熱を出していたらしい。しかも、ガリガリに痩せていたから、ラルフもそのままにしておけなかったのだろう。彼は毎日のように見舞にきてくれた。手ぶらで来ることはなかった。チョコレートだの何だの持ってきてくれた。快方に向かうと、こっそり外へ連れ出していろんな所に連れてってくれた。映画館などだ。そうだ、相撲も見た。

いよいよ退院という日、ラルフは西光寺に連れていってくれた。ここにいると親戚の者が捜しに来てくれるだろう。そう言って私を励まし続けた。ひと月もしないうち、ラルフの言う通りになった。父が復員してきたのである。父は私を捜し当て、ラルフとはそのままになってしまった。そのラルフまで私は記憶から葬ってしまうとは！

気がつくと、闇の中に女の人が立っている。幼い男の子と女の子の手を引いている。見覚えがある。そう思ったとき、女の人はいきなり私の名を呼んだ。それから「早く！」と私を叱咤した。たまりかねて私は「母《かあ》ちゃん」と叫んだ。よく見ると、母は立ったまま燃えている。私を見ながら幾度も幾度も「逃げろ。早く逃げろ」と手で合図をよこした。

辺りは火の海だった。焼夷弾が次から次へと降り注いできた。母はかなり長い間立ったままだった。その頭上に燃えている木材が落下した。炎だけがめらめらと燃え、二度と母達の姿を見ることはなかった。

たまげて私は目を醒ました。

ついでに西光寺にいたときのことも思い出した。仲間の一人がラルフを指さし「奴等は俺達の家を燃やしおまえの母ちゃんも焼き殺したつばい」と耳打ちした。それで父の姿を見た瞬間、私はそれまでのことを封じ込めてしまったのだ。

昼前にアーサーから再び電話があった。

「祖父が二時着の便で空港に着きます。逢ってやってください」

迷いはない。早速アーサーに同行を頼んだ。

空港は出迎えの人でいっぱいだった。便が到着し、ガラスの扉が開いて中から人々が出てきた。ラルフ・タウンゼントは一目で判った。歳は取っているが、背筋はしゃきっとしていた。アーサーが手を振り私はたまらず駆け寄った。ラルフは声にならない叫び声を上げて私の名を呼んだ。

# 自転車乗り

恐怖の逢びき　MUERTE DE UN CICLISTA
1955年、スペイン（スエヴィア）
監督　ファン・A・バルデム
ルチア・ボゼー、アルベルト・クロサス
カンヌ国際映画祭映画批評家連盟賞（映画完成数カ月後、バルデム監督はフランコ政権によって逮捕されたという）

気がついたとき、私は宙をとんでいた。宙といっても、地上二メートルそこそこの辺りだ。

そうだ、今しがたまで自転車をこいでいたのだ。なんで自転車なんぞに乗っていたかなどということは全く覚えていない。その自転車ときたら、私より先に田圃《たんぼ》の中にはじきとばされている。ここは農道の上である。農道とはいえ、アスファルトで固められている幅五メートルほどの道だ。ここにまともに落下したら、痛いどころではない。

とんでると覚った瞬間、私の脳裏をかすめたのは、十代の終わり頃に見た一本の映画だった。「恐怖の逢びき」だ。ブルジョアの女性が運転している高級車が自転車に乗った一人の男をはねる。助手席の男は良心の呵責《かしゃく》にかられて、まだ息がある自転車乗りを救おうとする。運転手の女性とは秘密の恋人同士だ。女はその関係が公になることを怖れて、はねた男を助けることをきっぱりと拒絶する。それどころか、その恋人までも轢《ひ》き殺そうとする。そのあとの展開は覚えていない。たぶん、あの映画の被害者が自転車に乗っていたこと、それに私自身もそうであったこと、それだけの符合で思い出したに違いない。

と同時に、よく見聞きする交通事故のニュースがさっと頭をよぎり、とうとう自分の番に廻ってきたかの感慨が湧き起こったのである。そう思った瞬間、私はいやが応でもアスファルトの固い道の上をとんでいることを思い知らされた。

ここは農道だ。その上をさすらっている私は今完全に方向を間違っている。道に平行してとんでいるのだ。道をそれて田圃の中へ落ちたほうがより軽い怪我《けが》ですむ。そう覚った途端、私は水面を泳ぐように両腕を作動させ田圃に向かって舵をとろうとする。

もし、アスファルトの上に落下したらと考えるだけで怖気がする。頭から落ちたら、生命の保証はなさそうだ。今は頭部からの墜落による衝撃をより柔らげるため全力を傾けるしかない。両腕でカバーするのがいい。本当は道をそれて田圃に落ちるのが最善策だろうけど、いくら両腕を動かしたところで、とても私の身体は田圃の柔らかそうな土の上に届きそうにない。それにしても田圃に植わっているのは何だ。稲ではない。タバコだろうか。いや、そういうことはどうでもいいではないか。何で取るに足らないことにこだわるのだ。

そもそも私は他人よりずっと遅れて自転車に乗れるようになった。単に器用ではなかったからではない。戦後十三年経つまで自転車などとは縁の遠い生活を送ってきたのだ。田舎には分限者《ぶげんしゃ》の家にだけ、それはあった。金持ちのこども達がそれに乗って、てくてく歩いている私達を心地よさそうに追い越していくさまは、実に羨《うらや》ましい限りだった。当時、村には一台すら自家用車はなかった。今のご時勢なら第一級の高級車を誇らしげに乗り廻すところだろう。

私が初めて自分所有の自転車を手に入れたのは、大学を卒業して社会人になったときである。新しいが何

の飾りっ気もない自転車なのに二万円もした。私の月給は手取りの六千八百円。それほど自転車は高級品だった。買い立ての自転車を私は毎日磨き立てた。

それどころではないのだ。今、どこにどう落下してしまうのか、それこそが一大事なのだ。頭部は厳禁だ。もし、そうなったら、私に未来はないかもしれない。あったとしても大部分を損なうことになる。腰もだめだ。腰部にヒビでも入ったら、生きていく限りそれをひきずっていかなくてはなるまい。そうだ、腕ならいい。真っ先に腕を地面に当て、あとの部分の衝撃を軽くしたがいい。

百メートルほど入りくんだ先に大きな家が見える。窓に灯りが点いている。夕餉《ゆうげ》のときを迎えているのだろうか。

そう思った瞬間、私は両腕を地面にバウンドさせ、三転して横倒しになった。脚もすごくぶつけたらしい。痛さは感じないが、腕も脚も全く力が入らない。顎《あご》もしたたか打ったらしくことばもままならない。ともあれ、私はアスファルトの上にうつ伏せになって倒れている。

辺りは急速に明るさを喪《うしな》っていく。そうだ、私はライトをつけていなかった。いや、車の方もライトをつけていなかった。その車がほとんど無傷の状態で五メートルほど先に停まっている。ドアが開いて若い女が出てきた。駆け寄ってくる。助かると安堵する。女は私を見て立ちすくんだ。私の様相がそれほどひどいのだろう。三十センチほど離れたところにつっ立ったまま私をじいっと見ている。

何をしている！　早く救急車を呼んで！

そう叫んだつもりが、全く声にならない。と、何を思ったのか、女はいきなり私の脚の方へ廻り込んだ。そして、私の脛《すね》の辺をぐいと引いた。私はそのまま路肩に引きずり込まれた。女はぜいぜいと荒い息を吐き、それから気持ちを鎮めるつもりか深呼吸をした。

「道の真ん中に寝とると、車にはねらるるでしょうが」と女は独り言のように喋った。口がきけない私に向かって勝手にまくし立てている。それでも私は「救急車を！」と口を動かし続ける。もちろん、それは呻《うめ》きにしか聞こえない。

女は携帯電話を取り出し発信し始めた。ありがたい。まもなく救急車が来る。そう思った。すると、女は電話を口にあて、「ねえ、ごめん。遅るっと。あんたたち、始めとって！」と叫ぶように言った。それからぶざまな私を見下ろして「おじさん、あたし、急がなんと。だけん、もう行くよ」と言って車の方へ走った。救急車をと私は口をもぐもぐさせた。だが、女はもう振り返らなかった。そのまま車に乗りこむと何の迷いもなくギアを入れた。

どのくらいの時が経ったろう。その間、人一人通らなかった。車もやって来なかった。向かいのあの家の灯がすうっと消え、何もかもがすとんと闇に落ちた。

# 膝

宮本武蔵　一乗寺の決闘
1964年、東映京都
監督　内田吐夢／原作　吉川英治
中村錦之助、入江若葉、丘さとみ、平幹二郎、岩崎加根子

いきなり左膝に激痛が走った。立ち停まると何とかしのげる状態になるが、ここは下通りのど真ん中だ。往き来がせわしい中で、私だけが突っ立っているのもおかしい気がする。仕方なしに一歩動かしてみる。右はどうもないが、左脚を動かそうとすると、電流が貫いたように痛い。とにかく脚を引きずって車道まで行き、タクシーを拾った。

やっとの思いで家に辿《たど》り着いた頃はもう辺りは薄暗くなっていた。病院ももう閉まっている時間だ。夕食をとっていると、電話のベルが鳴った。妻が受話器を持ってきてくれる。母方の大伯母からだった。もう九十四歳になるのだが、矍鑠《かくしゃく》としている。逢うたびに、うちの先祖は源氏だからねと口にする。斎藤別当の血筋だと言うのだが、肝心の系図はない。預け先の寺が戦災で焼失したのである。私などは根っから信じていない。いや、血族のほとんどが大伯母のたわごとだと思っている。

電話口で大伯母は「すぐ来い」と命令した。「脚が――」と言いかけると、「そがんことは判っとる」と叱

るように言って電話を切った。仕方がない。妻に頼んで車で送ってもらった。大伯母は私の所から車で二十分ほど行った田園地帯に住んでいる。だが、辺りはすっかり暗くなっている。

「先刻電話があったとき、貴方のことを言うたからかもしれん」と妻が言う。

「私の、何を?」

「膝のことよ」

大伯母の家には、隣村にある本宅の四十になる跡取りも呼ばれていた。和男である。私より二十余りも年下なのに、私より遙かに大人の男である。なのに、彼も大伯母の前ではコドモになる。その和男と、大伯母の孫である則行と私が彼女の前に坐らされた。

「よう耳の穴ばほじくって聞け」と大伯母はいつもの前口上を述べた。私達は「はい」と殊勝さを装って応じる。

「お前《めえ》ら、正坐は出来《でけ》んとだな」

これにも揃って「はい」と答える。すると、三人共に膝の痛みを抱えているのか。ずきずきとした痛みは軽いが今も歴然と残っている。

「これはタタリじゃ」と大伯母は言った。

「明治六年三月四日のことじゃ。お前らのご先祖様、つまり、わたしの爺っさまは不覚にも仇討ちにあわれた。知っとったか」

三人共に首を横に振る。

「相手は長州《ちょうしゅう》から来た人だった」

「長州?　山口の?」

「モーリショタイとか言うとった」

「毛利諸隊だよ。高杉晋作の奇兵隊とか、あの辺の人達のことだよ」

いつのまに来たのか、社会科の教員をしている則行の弟の康男が解説を入れる。

「こどもまで巻き込まれた」

こどもと聞いて私は前に見た映画を思い浮かべた。仇討ちと狙う一門の者が待っているところへ武蔵が殴り込みをかける。彼はこどもも容赦なく斬りすてて血路を開くのだ。そうだ「一乗寺の決闘」。

「そのこどもというのが、わたしの父っつぁんたい。父っつぁんも脚に傷を負わした。爺っさまは膝を槍で突かれなはったと」

はじめて耳にする話だ。いや、これは大伯母の虚言《そらごと》なのだろうか。

「仲裁に駈けつけた人が『仇討ちは先月禁止されたぞ』といさめたけん、その場は収まった。ばってん、その士は胸の内が収まらん。そいで、槍の先を折って『これを大事にせえ。祠《ほこら》を建てて末代まで祈り続けよ』と言いすててその場を去って行かれた。何の仇討ちだったかは知らん。その件については爺っさまは何も話してくれんだった」

大伯母はそこで湯呑を手にして茶をすすった。

「たぶん仲間割れによる恨みだと思うよ。戊辰戦争は複雑だけん」と康男が言う。彼の方が私達より話をおもしろがっている。

「そいで」と大伯母が和男に向き直った。

「お前んのとこの祠は大事に祀《まつ》っとるか」

うろたえて和男は首を横に振った。

「槇《まき》の木の南側にあった祠たい」と大伯母は畳みかけるように言い放った。

「槇の木は、もう無か」

「何てや！」

「植え替えようとして掘った。そしたら枯れてしもうた」

大伯母の目つきが険しくなった。唇がぶるぶる震えている。湯呑を摑んで口に含もうとしたが、茶はもう入っていなかった。

「茶！」と大伯母は隣室に向かって叫んだ。

則行の妻がこわごわと急須を抱えてきた。

「槇の木の南方一間先に祠は建ててあった。今、どがんなっとる」

茶をひと呑みすると、大伯母は和男をはっしと睨《にら》んだ。和男はその剣幕に押されてたじたじになっている。

「移し替えた。祠はちゃんとある」

「その祠の真下に槍は埋めてあったとぞ」

「今、そこは――」

「そこは、何になっとる」

「鶏舎になっとる」

「罰当たり奴！」と大伯母は一喝した。

追い立てられるようにして私達は本宅へ向かった。納屋からスコップと鍬を持ち出して鶏舎に向かった。

鶏共はうるさく鳴き騒いだ。匂いもひどかった。とりわけ和男は一言も喋らず黙々と掘り続けた。そして掘り当てた。

それはかなり錆びていたが、形は整っていた。

翌朝、起き上がると、昨日よりもっとひどい痛みが左膝を襲った。妻の運転ですぐ整形外科の病院に運んでもらった。

医師は私の膝を診るなり「半月板損傷です」と言った。念のため、レントゲンを撮ってもらったが、診断は同じだった。私がおそるおそる昨夜の件を口にすると、医師はじいっと私の目を見、それから「そうですか」と笑いとばした。

# ギプスの男

恋人よ帰れ！わが胸に THE FORTUNE COOKIE
1966年、アメリカ（UA）
監督　ビリー・ワイルダー／脚本　ビリー・ワイルダー、I・A・L・ダイアモンド
ジャック・レモン、ウォルター・マッソー、ロン・リッチ

「二人部屋ですが、よろしいですね」

有無を言わせないような婦長の声に「はい」と頷《うなず》いたのが運の尽きだった。つまり、これをきっかけに私は否応なしに他人の生活を覗《のぞ》き見することになった。もう一人の患者の生活を。

私は肩と右の二の腕と右脚の大腿部《だいたい》にギプスをはめたままベッドに移された。隣のベッドに横たわっている患者は頸部と右腕にギプスをつけていた。腰部にコルセットまでつけていたのだ。

二十くらいの品のいい男性がベッドの脇につっ立ってその人を心配そうに窺《うかが》っている。息子かなと思った。

その若い男を無視したようにして隣の患者は低い声でとぎれとぎれに「佐田です。よろしく」と名乗った。ほとんど同時に若者はきまり悪そうに会釈した。そのぎこちなさに気を取られた。

なんだ、もう他人のことに首を突っ込もうとしている。もともと私は他人の問題にかかわりを持つことを

避けてきたのだ。親戚関係でさえ最小限の交際しか持たない性分である。なのに、隣の連中を見ているだけで、尋常でない好奇心がむくむくと頭をもたげてくる。これは何としたことか。

次の日も夕方になると、例の若者がやってきた。佐田さんのベッドの脇にひたすらつっ立っている。時折、佐田さんに何やら話しかけているようだが、相手は黙ったままだ。

それでも気にかけてくれる者がいるから佐田さんは果報者だ。私の妻ときたら、ここは完全看護だし、しかも二人部屋だから寂しいこともないでしょうと言い、めったなことに顔を見せない。こども達も同類だ。そんなことを思っていると、佐田さんが羨《うらや》ましくさえなる。それにしても、あの若者はどういう存在なのだろう。

次の日の昼過ぎ、佐田さんの奥さんがやってきた。ちょっと派手目の服を着た五十半ばの女だった。私のことなど鼻から無視している。病室に入るなり「相手側は五十万しか出さんと言いよる。無礼《なめ》とる」と喋り出した。

佐田さんは黙っている。だからこそか、奥さんは図に乗って喚《わめ》くように言い続けた。

「一千万は貰わにゃあ。相手は大金持ちの息子だろ。病院の払いぐらいですますっといかんよ」

見舞金か賠償金のことだろう。相手から存分にふんだくれと喋りまくっている。ついつい私の耳がそば立っている。つい先日まで他人のことには無頓着を決めていた私が、いつのまにか佐田さんの事情に興味津々である。

そこへ佐田さんの弟がやってきて「五百万円は貰わにゃあ」と言い出した。それを奥さんが咎《とが》めた。

「何ば言いよっとね。一千万よ、一千万」

二人のことばの端《はし》ばしから夕方にやってくる若者が事故の加害者だと知れてきた。さる大企業の社長の御曹子だとも。その金額を抑えるためにここに日参している。そう取れるような言い方をして奥さん達は帰って行った。

夕方になると、またその若者はやってきた。同じように佐田さんの脇に立ち心配そうに顔を覗き込んでいる。ついつい様子を窺っていると、若者に対する同情心が湧いてきた。自分の運転する車で怪我《けが》をさせてしまった人を心底心配しているように見えてくる。

ふと「恋人よ帰れ！わが胸に」という映画を思い出した。報道カメラマンの主人公がフットボール試合の中継中に一人の選手に身体をぶつけられギプス生活を強いられることになる。それをチャンスだと狙う義兄は高額の賠償金を要求するよう主人公をそそのかす。だけど、そのフットボール選手は実にいい奴だった。

私の回復は順調で三日も経つと車椅子《いす》を使って病室の外へも行けるようになった。そんなある日、また佐田さんの奥さんがやってきたので、居づらくなって外へ出た。あの奥さんのことだ。金額のことでわいわい喚いていることだろう。

エレベーターのところにある長椅子の近くを通りかけたとき、見覚えのある人影を目にしたように思った。やはり、あの若者だった。恋人らしい女性と一緒だった。

「なんで毎日ここに来なんとね」と女は棘《とげ》のある口のきき方をした。

「お父さんに頭下げてお金出してもろたらよかでしょうが」

「親父の世話にはなりたくなか」と若者はきっぱりと言う。

「立派なことばかり言うとっても始まらんよ」と女も折れない。

「そのうちあの人は負けてくるっよ。俺には自信がある。あとひと押したい」

そう言い切る若者の目は心なしか濁って見えた。私と目と目が合ってきまり悪そうに胡麻《ごま》化し笑いするのも、すごく不純なものに思われた。

だが、そのあと病室に入ってきた若者は濁りのない目をしていた。実に神妙なまなざしで佐田さんを窺っている。もし、これがほんものなら、彼は癖になるなと思う。いや、それはあるまい。彼は利口だ。ちゃんと計算をしている。金額を値切らせたら、たちまち赤の他人になれる男だ。

それから九カ月が経過した。私は元通りになって働きに出ている。その日、仕事で県庁に赴いた。その帰り道、つい花の匂いに誘われて桜の名所と聞いていた八丁馬場に足を伸ばすことにした。花は満開だった。折りしもさっと風が吹いて花吹雪となった。思わず立ち停まると、傍らを賑やかに通り過ぎた人達がいる。車椅子を押している若者と椅子に座っている六十近い男。共に見覚えがあった。佐田さんとあの若者に違いない。きゃっきゃっと騒いでいる。まるで童子のようにはしゃいでいる。

なぜそのようになったか私にはとんと見当がつかない。

# 鹿の里

影なき狙撃者　THE MANCHURIAN CANDIDATE
1962年、アメリカ（UA／MCプロ）
原作　リチャード・コンドン　監督　ジョン・フランケンハイマー
フランク・シナトラ、ローレンス・ハーヴェイ、アンジェラ・ラウンズベリー、ジャネット・リー
2004年再映画化

友人が住む宇土半島に一度だけ訪れたことがある。学生の頃であった。その折り「ここには鹿が棲んどる」と言った友人の父親の一言が鼓膜にこびりついている。念のためにと思って土地の人に訊《き》くと「もうおらんよ」と素っ気ない返事が返ってきたのに。

その友人から思いがけなく連絡があり、老いた父が病の床でしきりに私に逢いたがっているという旨《むね》を伝えてきた。あの人は八十歳をとっくに越しているはずだ。おそらく死を意識してのことだろう。

あのとき、友人宅へは泊まりがけで出向いた。裏手には山が迫っており、表は道をはさんで堤防一つで浜へ出る。そんな所に友人の家はあった。思ったより大きい家だったことは覚えている。父親が婿《むこ》養子だということも。

泊まった翌朝、朝日が海から上るのを見るために友人と私は砂浜に出た。海には靄《もや》がかかっていた。確かに朝日は見た。だが、それより印象に残っているのは、いつのまにやってきたのか、彼の父親が靄の中から

すうっと姿を現し「ここで鹿を見た」と呟いたことだった。

だが、帰りのバスで隣に座った土地の人にその話をすると、「昭和二十四年だったかなあ。十数年も昔のこつたい。犬に追われた鹿を助けたこつがある。あれが最後の一頭だろ」と返ってきた。

「最後の?」

「ここにはたくさん棲んどったつよ。ばってん、乱獲したけんなあ。もうおらんごつなってしもうた」

聞いてますます友人の父親のことばが気になってきた。それで覚えているのだろう。

バス停留所で友人は私を待っていた。逢うのは十年ぶりだが、互いに五十半ばに差しかかっている。その父親は、前の家に建て増しして広くなった住居の奥の部屋に独りぽつんと寝ていた。友人が「このところ、親父は少しおかしかつよ」と耳打ちする。

私がその枕許《まくらもと》に座り、友人が席をはずすと、父親はいきなりかっと目を見開き「誰にも尾《つ》けられんだったろな」と訊いた。これも友人の言う〝おかしかつよ〟の一つであろうと思ったが、「もちろんです」と強調してみせた。すると、父親は私にだけやっと聞こえるくらいの低い声で喋り出した。

「わたしはシベリアからの復員兵なんだ。ずいぶん長い期間抑留されとった。わたしらを運んだのは高砂丸ちゅう船だ」

「聞いています」

「戦時中は特務機関で働いとった。そのためか帰国はいちばん最後になった。昭和二十五年一月二十九日。熊本県の関係者は八十一人。熊本駅に着いたときは、そりゃあ、旗振って歓呼の出迎えだった。でもな、わしらに対する世間の眼は日を追うごとに冷とうなった。どうしてか判るかい」

私は黙って首を横に振った。初耳だ。

「八十一人の中の三分の一がスパイだという噂が流れた。シベリアで洗脳されたと」

本当に不謹慎だが、私は洗脳ということばを耳にした途端、以前見た「影なき狙撃者」という映画を思い浮かべた。朝鮮戦争のさなか、捕虜となった米兵が洗脳されスパイとなって帰郷する。しかしその中の一人は暗殺者として仕組まれていた。私はとっさに首を振って映画の話を振り切ろうとした。

「わたしにも監視がついた。向こうは気づかれんふりしてもわたしは勘づいた。生まれ故郷におれんごつなって点々と県内を渡り歩いた。いちばん親しかった戦友を訪ねてみると、彼は既に死んどった。監視に耐えられんだったらしか。その彼があんたによう似とると。それであんたが他人に思えんごつなって、それでこうして話ば聞いてもろとる」

息苦しさを覚えて私は友人が来るのを今か今かと待っている。父親は話を続けた。

「身も心もボロボロになってこの宇土半島にやってきた。生きる気力を失うとった。浜辺を歩いとるうち、波の音に誘われち海の中へ一歩、また一歩と足を運んだ。その日も靄がかかった。その靄の中から一頭の鹿がぬっと現われた。立派な角を持った牡鹿でな、じいっとわたしを見とる。死んじゃだめだ、生きなきゃいかんと諌《いさ》めるようなまなざしでな。そいで死ぬのを思いとどまった。いや、気失うて倒れたというのが当っとるな。救うてくれた人がおって、看病されとるうちねんごろになってその家の婿養子になったというのが、わたしの経歴ですたい」

友人が部屋に戻ってきた。すると、父親は「もちょっと外におれ」と息子を制した。友人が部屋から出て行ったのを確めると、再び話し始めた。

「実は、あの三分の一という数字も疑わしかと思うとる。正確には何人だったか判らん。一人だったかもしれん、二人だったかも。ひょっとすると、わたしなのかもしれんと思うようになった。そしてある日、わたしは自分の正体に気づいた」

そう言ってぐっと唾を呑《の》み込み、私の目をじっと覗いた。

「そこであんたに頼みがある。実はこの家に秘密の地下室を作っとる。そこにスパイだったと知れる証拠品を置いとるとたい。わたしが死んだあと、家族に迷惑かけとうなかけん、あんた、それを処分してくれんか。息子には内緒でな」

そう言ったあとで父親は枕の下から鍵を取り出し私の手の平に握らせた。

友人に内緒というのは不可能だと思った。だから、何も訊かないという条件で、友人と一緒に地下に降りた。そこは貯蔵庫として造られた小さな部屋で、ろくに錠もかからない実に単純な場所だった。奥に机が一つ。その上にどこからか拾ってきたような時代遅れのラジオが一台あるだけだった。

友人は悲しそうな口調でぽつりと言った。

「これじゃ、まるでスパイごっこだよな」

# 雪吠

彼方へ　SCHREI AUS STEIN（英語の題はSCREAM OF STONE）
1991年、ドイツ／フランス／カナダ
監督　ヴェルナー・ヘルツォーク
ヴィットリオ・メッツォジョルノ、シュテファン・グロヴァッツ、マチルダ・メイ、ブラッド・ダリフ、ドナルド・サザーランド
ロケ地　パタゴニアのセロトーレ山　撮影のさい、監督たちは雪の中に50時間閉じ込められたという

昭和三十六年四月。九州山地の山ふところにある学校に赴任することになった。私はまだ二十四歳だった。思いがけないことに親族郎党が集まってきた。彼等は口々に「うちらは源氏の血が流れとると」と言う。一の谷の合戦のあと、沖へ逃げた平家の舟の扇の的を弓で射た那須与一の子孫だと。既に七百七十余年の歳月が経っているのだ。事の真偽も定かでないのに。

「あんたが行く所は平家の里だいけん、用心せにゃあ。何があっても、決して源氏だと覚《さと》られんごとしなはり」

「平家の落人はそんくらい源氏の者《もん》ば恨んどる！」

中には仕事を替えたらという者までいた。

さて、行ってみると静かな里だった。標高千メートルの山々に囲まれた九百メートルほどのところにある盆地だった。唯そこへ行くのが大変だった。国鉄の駅からバスで小一時間、降りて二時間二十分歩くと千メ

ートルの峠に出る。そこを二十分下って学校に着いた。

夏でも日照時間は五時間弱。ＰＴＡ会長はもう五年も稲の試作に取り組んでいた。今年もだめかもしれんとぼやきながらも、品種改良に一縷《いちる》の望みを抱いていた。

夏休みは短いが、冬の休みは長かった。確か年明けて一月二十日が始業式のはずだった。前日までに学校に着けばよかった。その十九日、午前十一時のバスに乗って河合場というそのバス停留場で下りた。

「雪の降っとるかもしれん。気ぃつけなっせ」と運転手が言うのを聞き流しながら、登山姿の私は米などを入れたリュックを背負って、てくてくと歩き始めた。一時間半くらいで最後の集落地をあとにした。

まだ雪を見ることはなかった。そこから次第に上りに入る。十分も歩かないうちに五センチほどの雪が積もっていた。なんだ、この程度か、そしたら峠は十センチくらいかなと思った。と、たちまちのうちにその十センチ程の深さになった。その十センチが十五分くらい続いた。それがいきなり膝までのめり込んでしまった。足を引き上げるのに三秒はかかった。次の一歩も膝まで漬かった。引き返そうかと思った。あの集落に戻って休憩しようか。そんなことを思い巡らすほど私の心は乱れていた。それなのに足は勝手に上ることを選んでいる。
腕時計を見る。既に二時を過ぎている。この分だと明るいうちに着けないかもしれない。四時頃はもう暗くなる。やっぱり引き返そうか。雪もちらついてきた。この分だとあと一時間ぐ

らいで闇に閉ざされるかもしれない。

もちろん、リュックに懐中電燈は入れている。だが、私の頭の中にある道しるべがそんなか細い光で見つかるかどうか自信がない。ここは細い間道ではない。材木を運ぶトラックが行き来する林道である。本能的に私はこの道を選んだのだ。もっともこの時期、トラックが通るはずはない。だが、両脇にはそびえ立つ国有林の杉の大木が並んでいる。その奥には既に闇が広がっている。

おそらく雪の重みで裂けたのであろうか、輪まわり一メートルもありそうな杉の大木が根元から二メートルくらいの高さで折れているのが目に入った。上部は折れたまま横倒しになっている。生木が裂けたのを見るのは初めてである。生干しの鰹《かつお》みたいな赤みがかった裂け目は、とがって上空を睨んでいるように見えた。上るにつれ、あちこちに裂けた杉が生々しい姿をさらしているのが目についた。

それはまるで杉の墓場のようであった。それも尋常な墓標のある墓所などではない。知りもしないくせに、かつての処刑場を思い浮かべたのだ。時として杉ははりつけにされた人の形に見える。

そう思った瞬間、いつのまにか道をずれて杉林の真っただ中につっ立っている私自身に気がついた。いつ道をそれたのだろう。遙か左方に林道らしい空間が見える。一刻も早くあそこへ戻らなくてはと焦った。だが、身体が思うように動かない。腰の上部まで雪に埋まっている。一歩も動けないまま無為の時が過ぎていく。腕時計を見る。やがて三時だ。

闇が迫っている。先刻までちらついていた雪は視界がきかないくらい降りしきっている。杉がぎしぎし唸《うな》っている。今、目の前で大木が折れても逃げられないだろう。ぎしぎしがみしみしに変わっていく。

観念するほかないと思ったとき、頭上から雪の塊がどさっと落ちてきた。幸い直下にはならないが、どすんという音と共に雪が粉々に散った。ああっと叫ぶと、二つ目の雪塊が落ちてきた。と、そのとき「おぬしは源氏か平家か」という大音声を耳にしたように思った。「平家の者かぁ」と再び耳膜を破くような気がした。「平家だと大声で言え。そしたら助けてつかわす」とも。情けないが私は「平家です！」と叫んでいた。すると「雪に浮かび上がりその上を泳ぐのだ。そしたら道に戻れる」とその声の主は叫んだ。それで助かったようなものだ。

とはいえ、ずいぶん長い間、私はそのことを忘れていた。三十年ほど経ったある日、ふらりと入った劇場で「彼方へ」という映画を見た。南米パタゴニア、二千メートルも切り立ったセロトーレ山の氷壁に挑む男達の物語。やっと山頂に辿り着いたと思った瞬間、雪崩が襲いかかる。その雪の唸りの中に私ははっきりと「おぬしは源氏か平家か！」という大音声を聞いた。

後日、ビデオになったこの映画を見ていると、やはり同じ場面でその大音声を聞くのである。おそるおそる友人にビデオを見てもらった。そしたら、雪鳴りの音だけが聞こえたという返事が返ってきた。

念の為、も一度あの場面を見てみると、まちがいなく「おぬしは源氏か！」と来る。そのたびに「平家です！」と私は答えてしまうのだ。

# 紅い石

キング・ソロモン　KING SOLOMON'S MINES
1950年、アメリカ（MGM）
原作　ヘンリー・ライダー・ハガード／監督　コンプトン・ベネット&アンドルー・マートン
デボラ・カー、ステュアート・グレンジャー（ケニヤ、タンガニカ、ウガンダ、コンゴにロケ）

教職に就《つ》きたての頃、自由時間を見計らってよく映画の話をしたものだ。昭和三十五、六年のことである。

とっておきは「キング・ソロモン」。アフリカの奥地にあるというソロモン王の秘宝を探しに行く映画である。三千頭もの野獣の大暴走、密林の決死行、鰐《わに》の棲《す》む河、砂漠越えなどを微に入り細に入り喋ると、こども達の目がらんらんと輝いてくる。映画の撮影は華氏一四〇度のアフリカ。それも八カ月だよ。あまりの熱さに二十四人が入院し三名は死んでしまったなどと得意気に雑誌で仕入れた知識を披露すると、彼らは固唾《かたず》を呑《の》んで私を見つめる。遠い日のことだ。

これに付随して思い出すことが一つある。あれは恒例の兎《うさぎ》狩りの日のことだ。収穫は一羽。教頭が捉《とら》えたという。集合時に一人だけ遅れてきた子がいた。私が担任していた福原幸男というおとなしい子だった。いつもおどおどしていてよく仲間はずれにあう子なので、軽い注意ですませた。ふと、教頭がぶら下げている兎を幸男がじいっと見ているのに気づいた。私の視線を感じたのか「あの兎の目、赤くない」と言い放った。

帰り道、幸男は私を待っていたらしく、すっと私の目の前に飛び出してきて「先生にだけ教える」と前置きして集合に遅れた理由を話し始めた。

幸男は仲間とはぐれて一人野山をうろついていた。そしたら、人の呻《うめ》き声が聞こえた。近づいてみると、老人が窪みでしゃがみこんでいた。怖かったが、さらに近づくと、老人は息もたえだえに「水！」と言った。幸男は水筒ごと差し出した。すると老人は水筒をおし抱くようにしてごくりごくりと飲んだ。そして水筒を返すさい、礼だと言って一個の小さい紅《あか》い石をくれた。大人の足の親指の爪くらいの大きさだった。

これだよと言って幸男は手の平を広げてその紅い石を見せた。赤いドロップスのように見えたが、ところどころに泥がくっついていた。不潔なもののように思えて私はとっさに「捨てなさい」と言った。だが、幸男は手の平にそれを包み込み「兵隊のとき拾ったって言ってたよ。蛇がうようよいるジャングルの中でだって」と続けた。

私は自由時間でのお喋りが高じたものだと直感して「忘れなさい」と叱《しか》った。だが、幸男は「きっと昔の王様が隠した宝だよ」と言ってにっと笑った。

確か父親の仕事の都合で半年もしないうち幸男は遠地に転校した。彼が去ったあと、山の窪地で男の白骨体が発見されたのが、妙に頭にこびりついている。とはいえ、年を経ると、その記憶も薄らぎかけている。

あれから四十二年。当の福原幸男が私の家を訪れてきたのである。あの頃小学六年生だった幸男ももう五十半ば。だというのに、浅黒い顔は妙につやつやして生々しい印象を与える。着ているものも上等らしい。幸男は卓上に例の紅い石を置き「覚えていますか」と訊《き》いた。私が頷《うなず》くと「これ、正真正銘のルビーだったんですよ」と言う。

「あの日、先生に言いそびれたことがあります」

すぐに私は窪地の白骨体を脳裏に描いた。幸男のせいで亡くなったのだろうか。はたまた白骨体を見て話を創ったのだろうか。

「あのご老人、自分の生命は長うないと言って僕に地図をくれたんです。宝のあり場所を示したものです」

少年はその地図を頭の中に刻み込みながら成長した。二十歳になった頃には宙で覚えていた。それで他人に見つかるのを懸念して焼却してしまった。ラオスとタイとカンボジアの国境にあるジャングル地帯である。いつか実際に行ってみたいという衝動にかられた。そのために心身を鍛え、銭を蓄えた。そして四十五歳の誕生日に旅立った。

「先生の話にあったように河には鰐がいました。河イルカもいました。それにあの大鯰《なまず》。十メートル丈はあったと思います。そいつが目の前で泳いでるんです。ジャングルの中ではコブラに襲われたこともあります。先生が言われたように、あの蛇、毒唾をとばすんですね。怖いなんてものじゃない。幾日も幾日も歩き続けて、やっと地図にあった洞窟に着きました。宝石の傍らに無数の髑髏《どくろ》が散らばっていました」

信じ難い話だ。ひょっとしたら、福原幸男は、あの頃私がした映画の話の続きを自分で創り出しているのではないだろうか。東南アジアの密林の写真なんかと組み合わせて、ありもしない話をでっち上げたに違いない。

「先生は世界の歴史にも興味があるっておっしゃってましたよね。ジャヤヴァルマン二世ってご存知ですか。カンボジアの王様。西暦八〇二年に即位してアンコール朝を開いた偉大なる王です。調べていくうちに僕は自分が目指すものはこのジャヤヴァルマンの秘宝ではないかと思うようになりました。この王も自分が蒐《あつ》めた宝石を他人の目から隠そうとしたのではないか。たぶん間違いないと思います。あの髑髏《どくろ》は秘宝隠しを手伝わされた家来衆のものではないかと。ところで、どうです。来月、一緒に行きませんか」

そんな気力はない。そんな強靭《きようじん》な肉体も意志も持ち合わせていないのだよ。第一君の話を真に受けていないのだ。そういう思いを込めて私は静かにかぶりを振った。

「先生も、歳を取ったんだ。あの兵隊じいさんみたいに」

そう言うと、幸男はさっと立ち上がり私の家を出て行った。卓上にはあの紅い石が一つ置いてあった。忘れ物だと気づいてあとを追ったが、幸男の姿はどこにもなかった。

念の為と思って私はその紅い石を持って宝石店に出向いた。ほんとに念の為だよと断わって鑑定してもらった。すると、主人は目をまるくして「ほんものです」と唸《うな》った。

# 結婚指輪

女相続人　THE HEIRESS
1949年、アメリカ（パラマウント）
原作　ヘンリー・ジェイムス「ワシントン広場」
監督　ウイリアム・ワイラー
オリヴィア・デ・ハヴィランド、モンゴメリー・クリフト、ラルフ・リチャードスン

叔母の一家を長いこと理想の家族だと信じてきた。夫婦仲も良さそうだったし、親子関係もしっくりいっているようだった。唯一つ、次男の浩之がちゃんと五つ違いの兄がいるのに、その兄をさしおいて従兄《いとこ》の私を幼い頃から兄さんと呼んでくれたことが、まあ、突き詰めて考えれば妙だった。

三年前おじが亡くなると、長男の哲明はそれっきりあの家に寄りつかなくなった。あとで判ったことだが、哲明はおじの連れ子だということだった。おくびにもあの家族はそのようなことを他の者には見せなかったのに。理想の家族像が歯が欠けたように見えたのはそのことからだった。

実は昨日、その浩之から頼みごとをされてしまった。叔母の様子が変だ、理由がよく飲み込めない、その辺を聞き出してくれないかと言う。ためらっていると、浩之は「頼むよ、兄さん」と私の背を押してきた。

冷えこみの強い日だった。

叔母と私は暖房の効いた居間のソファにさし向かいに坐って世間話をした。そのうち叔母は急にふふふと

笑い出し「わたしの胸の内を探りにきたつでしょ」と訊《き》いた。違うとは言えない雰囲気だ。それで素直に「そうです」と認めると、「浩之はアルバムを見たつよ。それでびっくりしたつ。これよ、これ」と言い、用意していたのか、脇から厚いアルバムを取り出し私の目の前にポンと置いた。

めくってみて驚いた。どこにもおじの写真がないのだ。哲明の写真もない。一緒に写ったはずの家族写真は彼らの部分が切り取られているか、黒い油性ペンで塗りつぶしてある。叔母は自分の夫とその連れ子をアルバムから消去したのだ。

私があっけにとられているのを見て、叔母はまたもふふと笑った。

「あんた、『女相続人』って映画、見たことなかでしょ」と叔母はだしぬけに訊いた。私が首を横に振ると、「女主人公はそれまで誰にも愛されたことがなかった。初めて近づいてきた若者にたちまち心を奪われてしまう。でも、男は女の財産が欲しかっただけ。そんなことも判らず、女主人公は若者にのぼせてしもうた。そのうち、それが身に沁みて判る日がやってくる。財産を棄《す》てる覚悟をしたとき、男から捨てられた。数年後、男が再び訪れたとき、女主人公は玄関先で彼を拒絶するとよ。彼の目の前で玄関のドアを閉め閂《かんぬき》を下ろして絶対に中に入れなかった。

わたしは女学生のとき、この映画を見たつよ。心を揺り動かされた。わたしには財産なんてものはないけど、いざ拒むべきときが来たら、きっぱりはねつけよう。そんな意志を貫ったと。でも、わたしには拒絶できんかった。

かつて憧れた、心底から憧れた男が、別の女との間に産まれた連れ子の手を引いて、うちの玄関の戸を叩いたとき、あの場面がちらりと頭をかすめたのに、私は戸を開けてしもうたと」

そう言って叔母は目を閉じた。そのときのことを思い浮かべているのだろうか。無造作に活けてあるうすこと。


紅色の侘助《わびすけ》の花が一つ、ぱさりと卓上に落ちた。と、叔母の目がぱっと開いた。

「あの人は連れ子の守りが必要だった。仕事から帰ったとき、沸いている風呂とあったかい夕食と熱燗《あつかん》が欲しかっただけ。世間にはよい夫婦、よい家族と映ったかもしれんけど、それはみんなわたしの裁量でした
第一、あの哲明は一年経っても二年経っても、いんや、今の今まで、わたしを母さんと呼んだことはなかつ。だけん、わたしも心に決めた。浩之には哲明を兄と呼ばせまいと。その代わりに従兄のあんたを兄さんと呼ばせたつよ。あの人が生きてる間、わたしが頑くなにやり通したのはこの一事だった。

端目《はため》にはいい男と思われてたけど、本当は取るに足らんつまらん人だった。ばってん、二人共、別れ話は一度も口にせんだった。どうしてかしらね。今もって判らんとよ」

改めてアルバムをめくった。叔母は浩之と一緒に写った写真だけがなごんでいるようだった。片方が消されたものは妙に澄ましている。

ふと、茶をいれる叔母の手の指に指輪がないのに気がついた。確か小粒のダイヤをあしらった大仰な指輪だったと記憶する。

私の視線を感じてか、叔母は「あ、これね」と薬指を突き出してみせた。指輪のない薬指には、その痕跡すらなかった。

「なかなか抜けんだったつよ。いつのまにふとったのかしら、指に食い込んでてね、それで、リングを切断してもらったと」

輪を切った指輪など見たこともない。ところで叔母はその指輪をどう始末したのだろう。まさか、宝石店に持ち込んで売りとばすことはあるまいに。

「あれは、あの人にくれてやりました」

いったいどういうことなのか。

「いよいよというとき、つまり、棺に釘を打つ寸前よ、そっと棺の中に忍び込ませたと。スリル満点、すべり込みセーフの思い。ハイ、サヨウナラと心の中で叫んだわよ」

それほど訣別が爽快だったのだろうか。でも、そう言ってのける叔母の顔はやたら輝いて見える。

いくら心の中で不満をぼやき続けたとしても、長い歳月は叔母の心を本当に変えなかったのだろうか。

なぜ、そのようなことまでしたのですと問いかけたとき、叔母はまた、ふふふと含み笑いをし、私の背後にあるガラス窓を見ながら叫ぶように言った。

「あ、雪の舞いよる！」

振り返ると、細かい雪が風にとばされながら乱舞しているのが見えた。一瞬だが、窓の外に叔母の心から閉め出されたおじと哲明の幻を見たように思った。と、たちまち寒気に見舞われ、ぶるっと震えた。

# 落ちる

**恐怖の報酬　LE SALAIRE DE LA PEUR**
１９５３年、フランス（フィルム・ソノール）
原作　ジョルジュ・アルノー／脚色・監督　アンリ・ジョルジュ・クルーゾー
イヴ・モンタン、シャルル・ヴァネル、フオルコ・ルリ、ヴェラ・クルーゾー
１９７７年、アメリカでリメークされている

普通車の運転免許も持っていないとき、無謀にも大型トラックを運転したことがある。荷台には材木を満載していて、離合場所もめったにない奥山の林道である。

夏のまっ盛り、下界はうだるような暑い日が続いていた。教員をしている友人の、標高千メートルの所にある自分の勤務地に来てみないかという誘いに乗ることにしたのだ。扇風機もいらないくらい涼しいというふれこみは確かに魅力だった。

汽車を降りてバスで小一時間、そこから営林署のジープに便乗させてもらった。歩けば六時間という。ジープを降りると、目の前に吊《つ》り橋があった。向こうに渡るのに六分ほど要したが、揺れる、揺れる。遙か下方を谷川が流れていた。

友人の宿舎での暮らしは快適だった。第一、あの蚊もいないのだ。その代わりマムシがいるから気をつけろと言う。幸いその毒蛇に遭遇することもなく帰る日になった。

友人がときどき乗せてもらうというトラックに便乗することになった。運転手は二十代のおわりと見てとれる精悍《せいかん》な男だった。友人は茂《しげ》さんと呼んだ。

「じゃ、茂さん、よろしく頼むよ」

その一声で私は助手席に体をすべり込ませた。トラックが発進し、友人の姿も次第に小さくなり、最後に見える一軒家も茂みの中にすっと消えた。ふと、今までいた人里のことが頭をかすめた。菅原道真の子孫だという話だった。道真といえば、学問の神様というくらいしか知識はなかったが、その昔、都から遙か九州の太宰府に左遷させられ、その恨《うら》みの果てに憤死したという。そのあと、血族の者は都からの追手をかわし命からがらこの辺境の地に落ちのびたという。

出っ張った岩盤にタイヤがぶつかったらしく強いぶれがあった。驚いて身を固くすると、茂さんが「助手席でよかったな」と言った。訳を尋ねると、荷の材木の上に人を乗せることがあるが、あれほどの振動だと材木は上下左右にぶれるという。たいていの者《もん》は吐くと言って茂さんはからからと笑った。

二十分ほど経った頃か、前方から対向車が近づいてきた。同じくらいのトラックだった。対向車は十メートルほど後退して離合場所に停まり私達が通過するのを見送った。

それから四、五分も経たない頃、茂さんはだしぬけにこう言った。

「トラック、運転したこつがあるですか」

とんでもない。私は激しくかぶりを振った。だが、茂さんはそんな私に目もくれず、これがギアで、これがブレーキでと説明し始めた。ひとしきり説明をし終えると「簡単でしょうが」と言う。私は再びかぶりを振った。

そのとき、前方を何か小動物がよぎった。あ、と驚いた声を上げると、茂さんは「狸《たぬき》でっしょ」と言う。

それから「運転ば、ちょっと代わってみんですか」と言ってきた。

しつこいなと思って茂さんを見ると、額の辺りに汗をかいている。窓を開けているので、ひんやりした外気が入ってくるはずだ。それなのに茂さんは汗をしたたらせている。顔色もよくない。いつのまにか唇が土気色になっている。

「どうしたつですか」と訊《き》くと、「代わってくれんですか」と返ってきた。そして本当に車を停めて道に降り、私のいる助手席のドアを目ざして歩いてきた。よろめいている。ドアのところまでくると、ほらほらと叱《しか》るような声を発し、私を無理やり運転席に移動させた。

「あと二十分もすっと、人家があります。そこまで頼みますよ」

言われた通りに私はハンドルを握り、ギアを入れた。トラックはのろのろと動き出した。

そのとき私の頭をかすめたのは、数年前に見た「恐怖の報酬」という映画だった。油田の火災を消火するため、二台のトラックがニトログリセリンを積んで山道を走る。トラックには各々二人の男が乗っている。途中、腐れかけた木の吊棚を通らねばならなくなる。タイヤがずり落ちてずるずると空転する。

私の運転するトラックが急に前進しなくなる。ブレーキをかけて車を降りてみる。左の後輪が路肩からはみ出そうとしている。いや、三分の一ほどはみ出している。映画と同じようにタイヤが空転するのだろう。路肩の下は崖になっている。五十メートルほど下を谷川が流れている。落下したらひとたまりもない。

「タイヤが」と私は茂さんに向かって叫んだ。茂さんは苦しそうな息の下から「これを」と言い、タオルを投げてよこし、前輪の下に敷けと呻《うめ》くように指図した。言われた通りタオルを前輪に敷いた。一枚で足りなさそうなので、もう一枚敷く。それから運転席に戻り、精いっぱいアクセルを踏んだ。動かない。空転するタイヤが目に見えるようだ。二度、三度、四度、それでも動かない。心なしかトラックは後退していくように思える。

あの映画がまたしても頭の中をよぎる。四人の男達は果たしてみんな無事だったろうか。いやいや、そんなはずはない。一台はニトログリセリンが振動で爆発したのだ。あとの二人はどうなった。ひょっとすると、主人公も助手席の同乗者もみんな死んだのではなかったか。

茂さんの意識が遠のいていくのが判る。その茂さんの名を連呼しながら、ひたすらアクセルを踏み続けていた。


あれから、もう四十余年が過ぎた。

ときどき私は思うのだ。あのとき、私の運転するトラックは、本当は崖の下へ転落したのではなかったかと。なぜなら、私はどうやって助かったのか、その記憶がないのだ。

あのあとの人生は、実は虚《うつ》ろなまやかしで、自分が死んだことを認めたくない者が創り出したものではないのか。私は亡者ではないのかと本気で思うことがある。

# 驕れる血

忘れじの面影　LETTER FROM AN UNKNOWN WOMAN
1948年、アメリカ（ユニヴァーサル　ランパート・プロ）日本公開、1954年
原作　ステファン・ツヴァイク／監督　マックス・オフュルス
ジョーン・フォンテイン、ルイ・ジュールダン

私は十六のとき迄、自分の血液型がO型だと思い込んでいた。〝自分の血液型を調べよう〟という生物の授業で私のそれがB型だと知ったときは本当に驚いた。

私が不在のとき、弟が大怪我をして病院に運ばれたことがある。輸血が必要になって私を除いた私の家族は全員血液型を調べてもらっている。結果は一人の例外なく混ざりっけのないO型。だから、私もそのはずであった。

B型の件を母にだけそっと伝えた。すると、母は凍りついたような表情で「そん時期《とき》がきたら教ゆるけん、それまで自分の胸に蔵っとけ」と言った。

その母も今年七十二になった。いよいよその時期がきたらしい。炬燵《こたつ》に入って蜜柑《みかん》の皮をむきながらぽつりぽつりと喋り始めた。

「あんた、弟や妹とは父親が違うとじゃなかかと勘ぐっとったろ。結論から言うと、その通りたい。こう

いうことは、あたしが喋れるうちに言うとかんといかんけんね。

あんたの父親の名は津田亮介というと。高校の頃の同級生。何だか妖しい雰囲気があってね、そうねえ、たとえば、煙草《たばこ》を喫《す》っとるように見えて、本当は喫っとらん。クラスの皆《みんな》が津田は喫いよると話題にしとった。そんな不良っぽい空気が漂うとった。教室で抜きうちに唾液検査があってね、喫煙者をあぶり出したと。それも一回や二回じゃない。いつもあの人はシロだったと。

それでもあたしは警戒しとった。あの人に近づいちゃならんと心の声がしたつ。友達の恭子があの人に惚れとってね。その恭子に誘われて、ある日、一緒に津田に近づいたと。恭子は『写真をください』としか言えんだった。津田はにこりともせず『無か！』と一言。その歯切れのよさにちょっとだけ見直した。いや、その瞬間、まいったとよね。
横から見ると胡散《うさん》くさいけど、真正面から見ると純真にとれるまなざし。細くて高い鼻。柔らかそうなピンクの唇。すらりと伸びた体つき。いくら消そうと思うても、毎晩のように夢に出て来た。ばってん、あたしは素知らぬ振りをし続けた。
大学生になったとき、偶然同じ電車に乗り合わせることがあった。あの人は途中から乗ってきて辺りを見廻しとった。席は幾らでん空いとったとに、あたしのところにすたすたと歩み寄ってきて隣に腰かけた。あたしときたら、もうどうしてよかか判らん。動悸が激しく脈打つ。顔も赤くなっとったと思う。

するとあの人はあたしの耳に唇を近づけ熱か吐息を吹きかけて『デパートに一緒に行ってくれん。母ちゃんに贈り物買うけん、選ぶの加勢《かせい》してよ』と誘った。

それが始まりだった。デパートでうろうろしていると、ほら、あそこら辺、デパートは三年坂の低か所にあったでしょう、昭和二十八年の六月二十六日の大水害以来、水はけがわるいけん、土砂降りになると、すぐ入口辺のシャッターを下ろし、水が引くまで客は足留めをくったもんよ。あの人と二人、出るに出られず、他の客と一緒に閉じ込められた。ほんの一時間程度だったと思う。いつのまにか、あの人、あたしの手を握っとった。そして『ずうっとこのまま続けばよかね』と囁いた。あたしも同感。永遠に続けばよかと念じたと。

大学を卒業したその年、あたしはあんたを妊《みごも》った。そのことを伝えようとしたばってん、あの人はさっさと上京してしもうた。向こうで一旗上げる。成功したら迎えに来るけんとカッコよかことばを言い残して。あたしの家は旧家だった。両親揃うて堅い人。あたしの事情を覚った瞬間、あたしの婿探しに奔走したと。そうやって探してくれた人、あんたが父ちゃんと思い込んどった人よ。誠実で働き者《もん》で善《よ》か人だった。

津田からは何の連絡もなかった。あんたのことも知らせようがなか。うちん衆《し》にはわるいけど、あたしは津田のことしか頭になかった。いつだったか津田と一緒に見た『忘れじの面影』という映画を思い返しとった。あんた、見たことなか？　古き佳き頃のウィーン。少女は隣に越してきた美男のピアニストに心ときめかせると。大人になって二人は恋に落ち、こどももできるとに男はチャンスを求めて去って行く。ばってんが、女は生命のある限り思いこがれると。そういう内容たい。あたしも死ぬまで慕い続けると誓ったもん。

あんたが中学生の頃、熊本のホテルでクラス会があったと。あの人も出席しとった。目と目が合うた瞬間、あたし達に再び火が点《つ》いた。会場を逃ぐるごとして脱け出し、ラウンジまで走った。手に手を取ってたい。お酒はマルガリータ。かかっとった歌はジュリー・ロンドンの〝この世の果てまでも〟。踊ったわ。

ホテルの部屋を出るとき、あの人は『明日も逢おう。僕から連絡する』と囁《ささや》いた。ばってん連絡はなか。次の日も次の日も。あたしは待ち続けたと」

そこで母は喋るのを暫くの間休憩した。そして、むいた蜜柑の最後の一袋をかすかに紅を塗った自分の唇の間に押し込んだ。艶っぽいと思った。だが、その艶然さが次第に消えてゆくのを私は見続けた。

「うちん衆が逝《い》ってしまわすと、あたしはすることが無《の》うなって、それでボランティアで施設に行ったとよ。そしたら、あの人がおらした。車椅子に乗っとった。まだ七十そこそこということに、老いの病になってしもうて。傍に行くと、首をかしげち『どなたさんでっしょか』と訊くとよ。あたしは〝この世の果てまでも〟を歌うち聞かせた。あの映画の話もして聞かせた。ばってん、何の反応もなかつよ」

母は泣いていた。初めのうちは涙が流れるだけだったが、そのうち、おおおっと声を上げて泣き崩れた。生まれて初めて私は激しい嫉妬を覚えた。それも実の父親に対して。いつまでも身体の震えが収まらなかった。

# 駅で会った男

目撃者　Méfiez-vous fillettes……
1957年、フランス（シルヴェル）
原作　ジェイムズ・ハドリー・チェイス／監督
イヴ・アレグレ／音楽　ポール・ミスラキ
ロベール・オッセン、アントネラ・ルアルディ、
ジャン・ガヴァン

駅に始まり駅に終わる映画がある。とりわけ私が好きなのは、パリの暗黒街を舞台にした「目撃者」である。五十年ほど前に見た映画なので、細かい所は覚えていない。唯、怖いはずの主人公のまなざしが妙にうるんでいたのが心に焼きついている。それと併《あわ》せて胸に沁《し》みているのは、感傷的に奏でられた主題曲のせいかもしれない。

実はもう一つ理由がある。この映画を彷彿《ほうふつ》させるような事件が、私の住んでいた辺りで実際に起きたからである。往還から二百メートルほど入り込んだところに更に四方に分かれる農道があり、その辻の近くに九軒の家がまばらに建っていた。事件はその辻で起こった。私が大学に入った年のことである。

私にとっては、それは駅に始まったといってよい。辻の集落から私を含めて三人が四十分近く歩いて駅へ行き、そこから汽車を利用していた。一人は農家の次男坊である高校生の保、一人は熊本市の印刷工場で働いている洋子さんだった。彼女は大陸からの引揚者で、病弱の母親に代わって弟妹の面倒を見、一家の経済

を支えていた。

あれは梅雨明けの蒸し暑い水曜日のこと。朝から熱気が漂っていた。その日、私は遅れて家を出、一人で駅へ向かった。着いたときには、既に上り列車は到着しており、私は定期券を大仰に見せながら改札口を出た。そのとき一人の男とまともにぶつかってしまった。定期券を相手の足元に落としてしまい、それを拾い上げて「すみません！」と詫びる拍子に相手の顔を見てしまい驚いた。半年ほど前に見た映画「目撃者」の主人公と見まがうほどよく似たまなざしの持ち主だった。濃いまつ毛の奥から覗くように私を見るうるんだ優しそうなまなざし。あれが映画では一瞬凶暴なものに変貌《へんぼう》するのだ。

唐草模様の風呂敷に三十センチ丈くらいの長方形の箱らしいものをくるんで、大事そうに小脇に抱えていた。が、身なりはほとんど印象に残っていない。

とにかく次の瞬間には動き出していた列車のデッキに跳び乗ったのだった。ぜえぜえと息をあえぎ、したたるように流れる額の汗を手で拭った。

実はその男には帰りにも会ったのだ。熊本駅の改札口近くのホームですれ違った。相手は目を伏せていたけれども、私は男の抱えていた唐草模様の風呂敷包みに見覚えがあった。だが、包んでいた中身は明らかに違っていた。ぶ厚い帳面を連想させる物だった。確かめたくとも、男は足早に改札口を通り抜けてしまっていた。以来、男とは二度と会っていない。

帰り道は思った以上に暑かった。次の木陰までと唱えながら歩き、そこでしばらく休憩すると、また次の木陰までと唱えて歩いた。木陰のない道が続くと、観念して黙々と歩いた。そして、やっと往還から農道へ出た。と、そのとき、稲田の中から男の呼ぶ声がした。見ると、従兄《いとこ》が田の草を採っている。彼はろくに私を見るでなく「辻は通るな」と言った。

「なら、遠廻りになる」と私は報いた。

そこで従兄は顔を上げた。

「あすこでじいさんの死んどらした」

じいさんて誰のことだと訊こうとすると、従兄はかつての大地主だった倉田のじいさんの名を言った。隠居して以来、村人相手に金貸しをしていて取り立てがうるさいという噂だった。水曜日の昼下がりになると、ソロバン持ちの小判鮫《こばんざめ》と仇名を持つ小柄な男と一緒に辻に立ち、滞納している借り手の名をメガフォンで呼び立てる。もちろん、メガフォンを口に当てるのは小判鮫のほうだった。

この二人が事もあろうに互いを刺し違えて絶命したという。凶器は出刃包丁。買ったばかりの新品で、入れてあった紙箱が散乱していたそうだ。まだ泥土に血の浸みとると従兄は身を震わせながら言った。

聞いているうちに、私は今日二度も出会ったあの男のことを思い浮かべていた。朝、抱えていた唐草模様の風呂敷のあの長方形の品物は、その庖丁が入っていた紙箱ではなかったか。きっとそうだ。

家に帰り着くや否や、母を捜して私は自分の推理を言って聞かせた。あの男こそ倉田のじいさんを殺した犯人だよと。すると、母は怖い目で私をじろりと睨《にら》み「え知れんこつ（言う値打ちがないこと）ば言うて」と叱《しか》った。

夜になって父は村の寄合に出かけた。戻ってきたのは十二時近かった。父と母がこっそり話しているのを耳をそば立てて聞いた。父が更に声を低くして「借用証文も、今までの借金をつけた帳面も失《の》うなっとる」と言うのを聞いて胸が騒いだが、母の「そんなら、うちも安心な」と言うのを聞いてどきりとした。私の家も加担していたのではないか。そう思うとなかなか寝つかれなかった。

翌朝、保と会ったとき、それとなく「倉田のじいさんは」と話しかけた。すると、保は「話すなて言われとるです」と言って顔をそむけた。洋子さんが加わり三人は黙ったまま駅へ急いだ。列車のデッキで洋子さんと向かい合わせになったとき、私が自分の推理を得意げに喋り出すと、「そがんこつ（そのようなこと）誰にも言うたらならん。忘れなっせ」と叱咤《しった》された。あの寄合の談合で口封じが定まったことをひしと感じた。

倉田のじいさん宅を除く八軒の主《あるじ》が銭を出し合ってあの男を雇ったのだろうか。そうでなくとも、ほとんどの者がじいさんの呪縛《じゅばく》から抜け出せたのだ。誰が直接関わったにしろ、あの事件は本当に起きたのだ。

あれからおよそ半世紀経った今でも、あの辻を通るたびに思い出す。もちろん現在の農道は舗装されて車も通れるくらいの道幅になっている。歩いて駅へ行く者もいない。その駅舎も新しい建物になった。それでも、ホームに立っていると、唐草模様の包みを抱えた男の幻影を見ることがある。

# 不肖の息子

生きる
1952年、東宝
監督　黒澤明
脚本　黒澤明、橋本忍、小国英雄
志村喬、日守新一、田中春男、千秋実

冷え込みが厳しい日だった。昼時になってもいっこうに寒気はゆるみそうになかった。

私は野暮用をすませて家に帰る途中だった。町の裏通りを歩いていた。この通りにも脇道が幾つかあるが、その一つから老女がひょいと現われた。どう見ても八十歳をとうに過ぎている。質素な身なりで布製の手提袋を大事そうに抱えている。小股でせわしく歩いてきた。私とすれ違いざまにふうっと大きく息をあえいだ。と、いきなりよろよろとよろめき、そのまま私の方へ倒れかかってきた。

思わず老女を抱きかかえ、通りすがりの人に救急車を呼んでと頼んだ。老女は手提袋から新聞紙に包んだ本みたいな物を取り出し「○○旅館におります。正木テルオに渡して」と言った。老女といっても、私の母くらいの歳だ。母はとっくの昔亡くなっているが、彼女にはこどもや孫がいるだろう。私が頷《うなず》いてみせると、老女は両手を合わせ私の顔を見た。

○○旅館はすぐに判った。裏通りにあるさびれた宿であった。格子戸を開けると、年配の男が現われた。

正木の名を告げると、すぐ二階へ上がっていき、入れ替わりに六十半ばの男が下りてきた。私がここへ来た訳を話すと、幾度も頭を下げ「すみません」を連発した。そのうち彼は私が手にしている品物に目を止めた。

「母が迷惑かけまして」

そう言って正木は私に時間はあるかと尋ねた。少しならと答えると、正木は半ば強引に近くの喫茶店に誘った。そこで私は包みを渡した。正木はすぐにそれを手に取って懐にしまおうとした。が、思い直したのだろう、私の前にそれを置いた。

「何が入ってると思います?」と正木は尋ねた。私は答えなかった。他人のプライバシーに介入するのは好きじゃない。だが、正木はさっさと新聞紙をほどいていた。新聞紙は幾重にも幾重にもくるまっている。

「もういいからと言ってるんです。なのに母はこうやって持ってくる」

中身が見えてきた。札束、一万円札。

「百万円あります。毎回きちっと百万円僕にくれるんです。母は八十九です。どうやって貯めたと思いますか。あのひとは戦争未亡人です。だから、遺族年金が入るんです。それを私にくれるんです。おそらく自分はつつましやかな暮らしをしている」

どことなく関西訛《なま》りがある。長い間そちらで暮らしているのだろう。

「不肖の息子って、そんなに可愛いもんでしょうか」と言って正木は寂しそうに笑った。私の脳裏を老女の顔がよぎった。

「すぐ救急病院へ行きましょう。消防署に訊けば、どこの病院か教えてくれますよ」

だが、正木は首を横に振った。

「心配じゃないんですか」

「そりゃ心配です。でも」と口をつぐんだ。

「何が〝でも〟です。行きましょう」

そう言いながら私は席を立った。だが、正木は坐ったまま私を見上げている。

「今頃、病院であなたの来るのを待ってらっしゃいますよ。だって、今日は特別な日なんでしょ」

それでも正木は立ち上がろうとはしない。

「母はあの旅館以外では逢《あ》わないと言いました。あのひとは頑固な農婦です。あの歳で田畑の仕事をしています。もっと楽をしたらいいのに」

仕方なく私も椅子《いす》に坐った。

「昔、通夜が延々と続く映画を見たことがあります。それをふっと思い出しました。集まった人々が故人の思い出話をするんです。確か雪の降る寒い晩、ブランコに乗ったまま息を引き取った。彼にも不肖の息子がいたように思います。そうだ『生きる』という題名でした」と言って正木は唇を歪《ゆが》めた。

「何を言うんです。お母さんは生きてらっしゃるんですよ」

「村というものは怖い。いくら若き日の犯ちといっても許してくれんのです。いや、それは母の思い込みかもしれません。僕は十六のとき村を追われた。そのとき母はこの村へ二度と戻ってきてはいけないよと諭《さと》しました。ただ、一年に一度は熊本に戻って来い。裏町のあの旅館で逢いましょうと約束させられました。それをずうっと続けてる。村を出るときもこっそり。街中は通らず、脇道伝いにやって来ます。そうやってあの旅館で顔を見せ合う。それが四十八年も続いている！」

一緒に見舞いに行こうと誘ったが、やはり正木は首を縦に振らなかった。私は一人でも行くよと言うと、そしたら僕の土産を渡して貰えませんかと言って、紙袋を私の前に差し出した。

「をぐらの塩昆布と難波《なんば》の駅で買うてきた赤福です。おふくろの何よりの大好物でして」

私が一人で病院に向かったのは夕方近くになってからのことである。車を停めて受付で病室を尋ねていると、看護婦がうろたえて出て来た。老女が今すぐ家に戻るとダダをこねると言う。病室に入ると、担当医が困った顔をして私を見た。

「仕方がない。送って行って下さい」

老女は私が渡した正木の土産をすばやく手に取り手提げ袋の中にすべり込ませた。

老女を乗せて車を走らせる。空には星がきらめいている。ずいぶん冷え込んできたようだ。ヒーターを入れる。かれこれ三十分も走った辺りで国道から狭い道に入った。そこを十数分走ったところで老女がいきなり「この辺でよろしゅうございます」と言った。

近くに人家はない。三十メートルほど先になら灯が見える。も少し先まで送るというのをしゃにむに辞退して老女は車を下りた。

「ここなら人目につきまっせん」

息子の土産の入った手提げ袋を大事そうに抱え、とぼとぼと歩き出したものの私の方を振り向き深々と頭を下げた。それからさっさと歩き出し、闇の中にすっと消えて行った。

# あとがき

始まりは一本の電話であった。

映画をベースにした話を数本書いて欲しいという。その瞬間、私の脳裡をいくつかの物語がよぎったのは事実である。依頼者はさしづめ映画のプロデューサーで、私は監督になったつもりでペンを執る。

もともと映画は好きである。大好きと言い直したほうが的を射ている。もの心つく頃からひたっていたと言ってよいくらい。十四、五歳のときには本格的にのめり込んでいた。

「血闘」「ジャングル・ブック」「裸の町」「ホフマン物語」「陽のあたる場所」「ドイツ零年」「巴里のアメリカ人」「サンセット大通り」「セールスマンの死」「娼婦マヤ」「河」、それに、ジョン・フォード監督の騎兵隊三部作。むさぼるように銀幕の映像に見入ったものである。

余談になるかもしれないが、戦争で疎開していた田舎で耳にはさんだ一言について述べておきたい。映画館はなく、最も近い館でも歩いて小一時間はかかるという辺鄙な所である。年に一回ほど映画の巡業がやってきて、土蔵の白壁などに映写していた。これは公民館だったと記憶するが、題も内容もほとんど覚えていない。唯、映し出された映画の一場面を見ていた農家のおじさんが、いきなり、「あ、青山杉作だ！」と呟いたのである。現在ではほとんど忘れられてしまっているこの青山杉作なる脇役の俳優にその農夫が格別な思い入れをしていたことは確かである。そのように、あの頃は誰しも（全員ではなかろうが）映画こと活動写真にのめり込んでいたので、私が特別な存在だったなどということはない。

さて、私の依頼人は一つひとつの話を週毎にと要求、むごいプロデューサーに聞こえるかもしれないが、それはそれなりに愉しかったのである。全部で五十九篇。一冊の本にまとめるには多過ぎるので十篇をはずすことにした。好きな映画の一本一本が消されていく思いだった。フランソワ・トリュフォーの「柔らかい肌」成瀬巳喜男の「稲妻」ベイジル・ディアジンの「死せる恋人に捧ぐる悲歌」などなど。

ところで、私が編んだ物語に一言も口をはさむことなく受け容れてくれた熊本日日新聞社の井上智重氏、快く出版を引き受けてくださった海鳥社の西俊明氏に感謝したい。もちろん、読んでくださる貴方にも。

二〇〇七年一月

園村昌弘

初出　本書は、「熊本日日新聞」に二〇〇四年二月から二〇〇五年三月まで五十九回連載された「銀幕に恋して」をもとに構成しました。

**園村昌弘**（そのむら・まさひろ）1937（昭和12）年，熊本市に生まれる。熊本大学教育学部卒業。
著書
小説『羽を持った少年』葦書房（詩と眞実賞受賞）
小説『熊本二本木仲之町界隈　スポーツという女』葦書房（第27回 熊日文学賞受賞）
エッセイ『ときめき映画倶楽部』葦書房
コミック（原作・脚本）『小津安二郎の謎』小学館
コミック（原作・脚本）『クロサワ炎の映画監督黒澤明伝』（原作・脚本）小学館（作画の中村真理子氏と共に2002年文化庁メディア芸術祭コミック部門優秀賞を受ける）
対談集『ゴールデン・エイジ　映画それぞれの黄金時代』博文舎

銀幕《ぎんまく》に恋《こい》して

■

2007年３月19日　第１刷発行

■

著者　園村昌弘
発行者　西　俊明
発行所　有限会社海鳥社
〒810-0074　福岡市中央区大手門３丁目６番13号
電話092（771）0132　FAX092（771）2546
印刷・製本　有限会社九州コンピュータ印刷
ISBN978-4-87415-625-4
［定価は表紙カバーに表示］
http://www.kaichosha-f.co.jp